这本书属于
勇敢的

Ozma of OZ

奥兹国仙境奇遇记

地底历险

[美] 弗兰克·鲍姆/著
[美] 约翰·R.尼尔/绘
稻草人童书馆/译

人民东方出版传媒
東方出版社

图书在版编目（CIP）数据

地底历险 / (美) 鲍姆著；稻草人童书馆译．— 北京：东方出版社，2015
（奥兹国仙境奇遇记）
ISBN 978-7-5060-8204-4

Ⅰ．①地… Ⅱ．①鲍… ②稻… Ⅲ．①童话–美国–近代 Ⅳ．① I712.88

中国版本图书馆 CIP 数据核字 (2015) 第 106691 号

地底历险

DIDI LIXIAN

[美] 弗兰克·鲍姆 著　[美] 约翰·R. 尼尔 绘　稻草人童书馆 译

策划编辑：鲁艳芳
责任编辑：辛岐波
出　　版：東方出版社
发　　行：人民东方出版传媒有限公司
地　　址：北京市西城区北三环中路 6 号
邮政编码：100120
印　　刷：北京联兴盛业印刷股份有限公司
版　　次：2015 年 7 月第 1 版
印　　次：2015 年 7 月北京第 1 次印刷　2022 年 7 月北京第 8 次印刷
开　　本：880 毫米 ×1230 毫米　1/32
印　　张：8.375
字　　数：157 千字
书　　号：ISBN 978-7-5060-8204-4
定　　价：36.00 元
发行电话：（010）85924663　85924644　85924641

作者序

我的朋友们，也就是小读者们，你们是新的“奥兹”书的负责人，也是上一本的负责人。你们通过书信说你们想要知道更多关于桃乐丝的故事，在信中问到“胆小的狮子会变成怎样呢？”也问到“奥芝玛之后做了什么呢？”当然，这是指她当上奥兹国统治者之后的事。还有一些小读者给我推荐剧情，说：“拜托让桃乐丝再去一次奥兹国吧！”“为什么你不让奥芝玛和桃乐丝相遇，让她们度过一段美好时光呢？”的确，如果我能做到小读者们所要求的，我会很荣幸地写几十本书来满足你们的要求。我也希望我能做到，就像小读者说你们很喜欢看我写的书那样，我也很享受写这些故事的过程。

这本书是一个和桃乐丝相关的故事，同时还有我们的老朋友：稻草人、铁皮人、胆小的狮子和奥芝玛，以及其他角色。在这里同样有大量奇怪的和与众不同的新成员。在这本书印刷之前有个小朋友看过这个故事，他对我说：“鲍姆先生，比莉娜是真正的奥兹国的角色，滴答人和那只饥饿的老虎也是。”

如果这个评论是公正准确的，而且小读者觉得新故事是属于“真正的奥兹国”的话，我委实很高兴我把这个故事写出来了。但也许我应该从我的读者那里得到更多热情的信件，信里能够告诉我你们对奥兹玛的想法。无论如何，我希望如此。

弗兰克·鲍姆

1907 年于麦塔瓦

译者序

距离《奥兹国仙境奇遇记》（其第一册通常被译为《绿野仙踪》）原著初版初印已经过去一个多世纪了，在这一百多年间，这套奇幻冒险童话故事不止一次地被翻拍成电影，而且还被世界各大出版公司争相翻译编辑，一版再版。童话中一个个性格鲜明、可爱活泼的人物，以及那引人入胜的神奇冒险故事已经家喻户晓，这套丛书不仅是“美国的《西游记》”，更早已成为全世界孩子们眼中的“童话圣经”了。

每一个孩子都可能从书中找到自己的影子：他可能像稻草人一样聪明，却总是缺乏自信，看不到自己的长处；他也有可能像铁皮人一样善良，却总是为缺少一颗活蹦乱跳的“心”而多愁善感；他还可能像胆小的狮子一样勇敢，却总是认为自己不够强大因而担心失败。所以，当他们捧起这套书的时候，他们总能把自己想象成书中的某个人物，跟着他一起深入地底、飞越峡谷、横穿沙漠……

目前市场上本套丛书的其他中文版本，大多是新配的电脑绘图，且内容大多有删减，已失去了原著原有的味道和审美价值。稻草人童书馆重金购入这套丛书的美国原版初印图书，重新翻译整理，还原《奥兹国仙境奇遇记》的原有风貌。书中的插画全部是百年前美国插画大师的手绘原创作品，本套丛书的插画师之一 W.W. 丹斯诺，更是被誉为“美国图画书之父”。

于是，一幅幅栩栩如生散发着浓浓艺术气息的图画，一段段温情脉脉飘散着缕缕馨香的文字，在某个阳光明媚的午后，静静地重现在孩子们小小的书桌上，将孩子们带入一个个亦真亦梦的仙境幻界，伴随孩子们度过他们人生中最美妙的一段时光。

感谢大师们给了我们这样一个机会，让我们有幸将世界上最美、最真、最纯的画面与文字再次结集出版，让中国的孩子们得以感受经典手绘插画的力量，沐浴古典童话的万缕光芒。

桃乐丝来了！孩子们，快跟她一起去奥兹国开始一段不同寻常的冒险之旅吧……

南来寒
（稻草人童书馆 总编）
2015 年 5 月 18 日于广州

目录

CONTENTS

第一章　鸡笼里的小女孩……………001

第二章　黄色的母鸡…………………011

第三章　沙滩上的字…………………025

第四章　机器人滴答人………………037

第五章　桃乐丝打开晚餐桶…………052

第六章　兰薇得尔的许多头…………065

第七章　奥兹国女王搭救了他们……089

第八章　饥饿的老虎…………………104

第九章　艾芙国的王族………………115

第十章　手持铁锤的巨人……………127

第十一章　矮子精国王………………141

第十二章　十一次猜测………………160

第十三章　矮子精国王放声大笑……167

目 录

CONTENTS

第十四章 桃乐丝尽量让自己勇敢一点儿……176
第十五章 矮子精国王被比莉娜吓坏了……189
第十六章 紫色、绿色与金色……200
第十七章 稻草人打了一场胜仗……210
第十八章 铁皮人的命运……219
第十九章 艾芙国的新国王……229
第二十章 回到翡翠城……237
第二十一章 桃乐丝的魔法腰带……246

第一章

鸡笼里的小女孩

海上刮起一阵狂风，海水先是涌起波浪，然后浪头被狂风推动，形成巨浪。浪头就这样越卷越高，甚至高过了屋顶，令人胆战心惊。有些浪头更有大树那么高，看上去就像一座座山峰，而在这些巨浪之间，就仿佛深深的峡谷一般。

肆虐的狂风在大海上把海水搅得汹涌澎湃，最后形成可怕的暴风雨。而海上的暴风雨又是最可怕的噩梦，总能造成许多让人难以预料的破坏。

就在海风刮起的时候，有一艘轮船正行驶在广阔的海面上。随着波涛起伏得越来越剧烈，浪头越卷越高，这艘船被抛来抛去，上下颠簸得厉害，而且还时而朝左倾、时而朝右倾。船身所受到的冲撞是如此猛烈，以至于水手们都不得不紧紧地抓住缆绳和栏杆，以免被大风刮走，或是一头栽入海中。

天空中密布着乌云，连一丝一缕的阳光都无法穿透，白昼昏沉得就像是在夜晚，更增加了暴风雨的恐怖。

不过，船长并不害怕。因为以前，他也曾经历过各种暴风雨，而且最终都安全地驾驶着船只脱离了险境。但是，他也知道，这时候如果让旅客待在甲板上，将是非常危险的。于是，他命令旅客们必须全部待在船舱里，待暴风雨过去以后再出来。同时，他也告诉他们不要气馁，别害怕，一切都会好起来的。

在这些旅客之中，有一个是来自堪萨斯的小女孩，名字叫作桃乐丝·盖尔。她是陪着叔叔亨利去澳大利亚看望一些以前从来没见过的亲戚的。要知道，亨利

叔叔的身体不大好，因为在堪萨斯农场的时候，劳累的工作把他的身体都累垮了，他不但身体虚弱，而且开始有些神经质。所以，这一次，他让埃姆婶婶留在家中照看雇工和农场，自己却出远门去澳大利亚，在看望那些表兄弟的同时，也好休息上一阵子。

桃乐丝非常想跟他一起去，而亨利叔叔也认为，她是个会给人带来欢乐的好同伴，因此同意带上她。这个小女孩是个非常有经验的旅行者，因为，有一回她曾经被龙卷风带走，从家乡被带到了老远的奥兹仙境，她在那个古怪的国度里经历了很多奇遇，最后才找到方法重新回到堪萨斯。所以，对于她来说，没有什么事是能轻易让她害怕的。就在海风开始呼啸、海浪开始汹涌时，我们这位小女孩面对这巨大的喧嚣声，丝毫也没有害怕。

“我们当然应该待在船舱里，”她对亨利叔叔和其他旅客说，“就让我们在这里安安静静地等待暴风雨过去吧。船长说，要是我们到甲板上去，会被吹到船外去的。”

这一点倒可以令人放心，因为事实上，没有谁想冒这个险去惹出什么事故。于是，所有的旅客都挤到了昏暗的舱室里，聆听着暴风雨的呼啸声以及桅杆和帆缆的吱嘎声，并尽量使自己在船身倾斜的时候不会撞到别人。

桃乐丝迷迷糊糊地睡着了，但突然间她又惊醒过来，她发现亨利叔叔不见了。她不知道叔叔去了哪儿，而他的身体又不太好，桃乐丝顿时担心起来，怕他会不小心走到甲板上去了。要是那样的话，可就太危险了，得让他马上下来。

其实，亨利叔叔是躺回到他小小的铺位上去了。可是桃乐丝不知道，她只记得埃姆婶婶叮嘱过她，要她好好照看叔叔，所以，她立刻决定，要到甲板上去寻找叔叔。尽管这时暴风雨比之前来得更为猛烈，船身也颠簸得愈加厉害，但好在小女孩发现，她总算还能沿着楼梯登上甲板。一上去，狂风就猛烈地扑向了她，差点儿把她的裙摆给撕裂开。然而，桃乐丝却觉得很快意，和暴风雨的搏斗令她兴奋。她紧抓着栏杆，在黑暗中四处张望，看到离她不远的桅杆似乎有一个

模糊的人影。那可能就是她的亨利叔叔，于是她用力地大声喊起来：“亨利叔叔！亨利叔叔！”

但是，海风正在使劲儿呼啸，桃乐丝的喊声连自己都听不大出来，那人当然就更听不见了，因为他在那里一动没动。

桃乐丝认为这种情况下只能走到他跟前去，所以她就在狂风间歇时向前冲去，冲到了甲板上一个用绳子捆着的方形大鸡笼跟前。她安全地冲到那里以后，赶紧抓住大鸡笼上的板条。但是这时候，风似乎因为这小女孩胆敢反抗它而勃然大怒，加倍发起威来。它在猛然间发出一声尖啸，就像一个生气的巨人般，一下子扯断了捆着鸡笼的绳索，把鸡笼连同紧抓着笼子板条的桃乐丝，一起高高地抛向了空中。鸡笼来回打着旋，一会儿被吹到这边，一会儿被吹到那边，不多一会儿，就被远远地抛入了海中。巨浪拍打着鸡笼，一个浪头把它抛得像山一样高，接着又让它跌进深谷，似乎这样会让它们感到更有趣似的。

毫无疑问，桃乐丝浑身被水浸得湿透了。不过，她并没有慌张，始终牢牢地抓紧那结实的板条。等到她把海水从眼中擦去、能看清楚东西时，发现鸡笼的盖子已经被海风刮走了，那些可怜的小鸡被风吹着飘向四面

八方，远远看上去，就像是一些没有柄的鸡毛掸子。

鸡笼的底部是用厚木板拼成的，桃乐丝抓着它，感觉就像抓着一只木筏似的，笼子周围的板条也完全撑得起她的重量。等到她把海水从嗓子眼里咳出来，又能呼吸以后，就设法越过这些板条，爬进了鸡笼里。鸡笼坚实的木板底毫不费力地承受住了她。

“嘿！现在我有自己的船了！”她想。突如其来的环境转变，不但没有吓着她，反而使她感到很有趣。当鸡笼再次被抛上海浪顶端时，她急切地张望起四周，搜寻着在她落水以前所乘坐的那艘轮船。

然而这时，那船已经驶离得很远很远了。船上的人也许还没有发现她的失踪，更不会知道她的奇遇。等到鸡笼被抛落波谷，随后再次攀上浪峰时，那艘船更是远得看着像是一艘小小的玩具船，而且很快就完全消失在海面上。这样，桃乐丝就不得不和亨利叔叔分离了，她遗憾地叹了口气，开始遐想以后会有什么样的遭遇。

她就这样颠簸在广阔的海面上，脚下只有一个粗制滥造的木鸡笼使她能浮在水上。笼子底部是木板，四周全是板条，从板条缝隙中不断有海水渗透进来，把她弄得全身都湿透了。而且，这儿什么也没有，等到她饿了——过一阵子她肯定会感到饿的——没有东西吃，也没有淡水可喝，更没有干衣服可以换。

“哈，我敢说，”她大笑一声，高声喊道，“桃乐丝·盖尔，我能告诉你，你的处境真是糟透了！我简直无法想象你要怎么做才能摆脱它！”

夜幕徐徐降临，天空中的乌云更是一团漆黑，这额外加剧了她的烦恼。不过，海风似乎终于对这番恶作剧感到满意了，它不再继续停留在海面上，而是匆匆跑到世界另一端去了。没有了大风，波浪慢慢平静下来，海面上风平浪静。

我觉得，暴风雨的平息，对于桃乐丝来说是件幸运的事。不然，即使她再勇敢，恐怕也会死去。许多孩子处在她这样的境地，都会哭哭啼啼感到绝望，但桃乐丝有过多次遇险的经历，所以，既然这次已平安度过，她也就并不怎么害怕了。当然，由于浑身湿透，她确实很不舒服。但在那一次大喊以后，她就努力恢复了一些她一向具备的乐观心态，决定耐心地等待，看看自己的命运究竟会怎样。

乌云渐渐散开，深蓝色的天空再次在头顶呈现，一轮明月将柔和的光芒洒落下来，小星星们在桃乐丝的注视下，欢快地朝她眨着眼睛。鸡笼不再来回颠簸，而是像摇篮一般，轻柔地随着波浪起伏。

海水已不再从板条缝隙渗透进来，因此，桃乐丝站立的那块木板也终于不用再受到冲洗。小女孩发觉了这一点，加上之前几个小时的惊险遭遇已使她精疲力竭，于是这会儿她想要睡一觉，这将是最快的恢复体力的方法，也是最简单的打发时间的方法。鸡笼底板这时还很潮湿，她自己的衣服也湿得可以拧出水来，好在当时天气还很暖和，她并不感觉冷。

于是，她选择了一个角落，在鸡笼里背靠着板条躺下，朝上空的星星友好地点一点头，然后就闭上了眼睛，不到半分钟就睡着了。

第二章

黄色的母鸡

睡梦中的桃乐丝被一种奇怪的声音吵醒了，她睁开眼睛，发现天已经大亮，晴朗的天空中明媚的阳光正在闪耀。刚刚她正做着一个梦，梦中她又回到了堪萨斯，在旧牲口棚里玩耍，周围全是一些小牛、小猪和小鸡。因此，当她初醒过来，揉着睡意蒙眬的双眼时，确实以为自己是在那里。

“咯咯咯，咯咯哒！咯咯咯，咯咯哒！”

噫！又是把她吵醒的那种奇怪的声音！这显然是一只黄母鸡在叫唤，可是桃乐丝睁大眼睛却发现，透过鸡笼板条看见的还是一片蓝色的海洋。现在海上倒是风平浪静了，但她立刻记起了充满风险和艰辛的昨夜，记起了暴风雨使她流落到了变幻莫测而陌生的大海上，她一直在海面上漂浮着。

“咯咯咯，咯咯哒！”

“这是怎么回事？”桃乐丝喊道，吓得站了起来。

“怎么了，我刚下了个蛋，就这么回事。”一个又尖又细的声音很清晰地回答。小女孩向四周察看，这才发现有一只黄颜色的黄母鸡，正蹲在鸡笼对面的角落里。

“天哪！”她惊得叫了起来，“这一夜你也一直在这里吗？”

“当然了，”黄母鸡拍了拍翅膀，打了个哈欠回答，“在鸡笼从船上被吹走时，我就用脚爪和嘴紧紧地勾住了这个角落。因为我知道，要是我掉进海里，水一定会把我给淹死的。事实上，我还是差一点儿被淹死，那么多水冲刷着我，我身上可从来没被弄得这么湿过！”

“确实，”桃乐丝回答说，“我记得，有一阵水确实很多。不过，现在你感觉舒服些了吗？”

“还行吧。太阳帮我晒干了羽毛，就像它晒干了你的衣服一样，加上一早我生了个蛋，也感觉好过一些了。但是我想知道，我们像这样在大海上漂流下去，会遭遇些什么？”

“这也是我想知道的，”桃乐丝说，“但是，请告诉我，为什么你能说话？我原本以为黄母鸡只知道咯咯地叫唤。”

“唔，这事嘛，”黄母鸡考虑了一下，回答说，“我这一生也只会咯咯咯地叫唤，我记得，就在今天早晨以前，我还从来没有说过一句话。但是，一分钟以前你提了个问题，我觉得应该回答你，就像是这世上最理所当然的事那样。所以，我就说话了，而且现在我也能一直说下去，就像你或是其他的人那样。这很怪，是吧？”

“真怪，”桃乐丝回答，“假如我们现在是在奥兹国，那我就不会感到这么奇怪了。因为在那个仙境里，很多动物都是能说话的。但这是在海洋上，离奥兹国一定很远。”

“我的用词怎么样？”黄母鸡不安地问，“你觉得我表达得还准确吗？”

“准确。”桃乐丝说，“对一只刚能开口说话的鸡来说，你说得很好。”

“得知这一点，我真高兴，”黄母鸡用一种有信心的口吻接着往下说，“既然开口说话，那当然应该说得准确些。以前，那只红色的大公鸡就总说，我的咯咯声是很准确的。现在我得知自己的话说得也不错，真高兴。”

“我有点儿饿了，”桃乐丝说，“现在是吃早餐的时间了，可是没有早点。”

“你可以吃我的蛋，”黄母鸡说，“要知道，我并不介意。”

“你不打算把它孵出来吗？”小女孩惊讶地问。

“不，事实上，除非是在一个安静的地方，有一个舒适的窝，并且窝里面得有一打鸡蛋，否则我是从来不愿意孵小鸡的。那一打是指十三只，对黄母鸡来说，这是个吉利的数字。所以你完全可以吃掉这只鸡蛋。”

“唔，不煮熟的话我是没法吃的。”桃乐丝说，“不过，不管怎么说，我非常感激你的好意。”

“没什么，好孩子。”黄母鸡平静地回答，开始梳理起她的羽毛。

桃乐丝站了起来，眺望了一阵子辽阔的大海。不过，她还在想着那只鸡蛋，所以不一会儿她又问：“你不打算孵蛋，那你为什么要生它们呢？”

“这是我的习惯，”黄母鸡回答，“能在每天早晨生一只新鲜的鸡蛋，这可是我一直以来的骄傲，仅仅换毛期间是例外。只有鸡蛋生下来了，我才乐意在早晨咯咯地叫上一阵；要是没有机会咯咯地叫唤，我的情绪就会变得很糟糕。”

“奇怪，”小女孩沉思着说，“不过，我不是一只黄母鸡，所以我也并不指望我能弄懂这一点。”

“这是自然，亲爱的。”

桃乐丝又不说话了。有一只黄母鸡做伴，多少可以带来点安慰。不过，在这辽阔的海面上，还是孤独得可怕。

过了一会儿，黄母鸡飞了起来，停到鸡笼最高处的一根板条上。由于这几分钟里桃乐丝又坐到了笼底，所以那板条是高过她的头的。

“喂，离我们不远处有片陆地！”黄母鸡高声喊道。

“在哪儿？陆地在哪儿？”桃乐丝也喊着，激动得跳了起来。

“就在那边不远，”黄母鸡朝一个方向扬了扬头，回答说，“我们好像正在漂向那里，看起来，中午以前我们就可以登上那片陆地了。”

“能这样就太好了！”桃乐丝说着轻轻地舒了一口

气。因为海水还在时不时地从板条缝隙里冲进来，把她的脚和腿都打湿了。

“我也希望这样，”她的伙伴说，“世界上最可怜的事情，莫过于一只鸡被淹死在水中了。”

她们似乎在快速地接近陆地，因为那地方看得越来越清楚了。小女孩坐在漂浮着的鸡笼里往外望，能看见那是一片很美的地方。紧挨着水边的是一片广阔的沙滩，沙滩上是一片白沙和砾石，沙滩往前一点儿的地方有几座石山，还可以看见山后有一排郁郁葱葱的树木，那似乎是一片森林的边缘。但是，暂时还看不见房屋，也看不出这片陌生的土地上有任何居民居住的迹象。

“希望我们能找到一些吃的东西。”桃乐丝迫切地望着她们正要漂过去的那片美丽的沙滩，说道，“现在吃早餐的时间早都过去了。”

“实际上我也有点儿饿了。”黄母鸡说。

“你为什么不吃蛋呢？”小女孩问，“你又不像我，非得把食物煮熟了才能吃。”

“你把我当成什么了，吃同类的家伙吗？”黄母鸡气愤地喊道，“我是说了什么？还是做了什么？竟让你如此侮辱起我来！”

“请你原谅，我不是这个意思……太太……太太。顺便说一句，我能请问一下尊姓大名吗，夫人？”小女孩问。

“我的名字叫比尔。”黄母鸡态度有些粗暴地回答说。

“比尔！咦，这是个男孩子的名字。”桃乐丝感到奇怪。

“这有什么关系？”黄母鸡说。

“可你是一只黄母鸡，对吗？”

“这是当然。不过，在我刚孵出来时，没有人分得清我是只黄母鸡还是只公鸡，所以，我出生的那个农场上的小男孩就给我起名叫比尔。而且，因为我是那一窝中唯一的一只黄颜色小鸡，他就特别喜欢我。等我长大了，他发现我既不打鸣，也不爱斗，和所有的公鸡都不一样，但他并不想改我的名字，所以那屋子里的人都知道我是比尔。大家一直是这么叫我的，我的名字就是比尔。”

“可是这样叫不对，你知道的，”桃乐丝热切地说，“如果你不介意，我想叫你‘比莉娜’。你瞧，名字后面改成‘莉娜’，就是女孩子的名字了。”

“噢，我一点儿也不在乎，”黄母鸡回答，“只要我知道指的是我就行，随便你怎么叫好了。”

“那好，比莉娜。我的姓名是桃乐丝·盖尔——朋友们可以称呼我桃乐丝，陌生人得称呼我盖尔小姐。你要是愿意，就叫我桃乐丝好了。我们已经快靠岸了，你觉得以现在的水深，我可不可以蹚水过去？”

“还是再等几分钟吧，阳光温暖明媚，我们又不着急。”

“可是我的两只脚全是湿的，没有干透，”小女孩说，“我的衣服倒是差不多干了，但是，只有等到我的脚也干了，我才能真正感觉舒服些。”

不过，她还是听从了黄母鸡的劝告。不一会儿，这只木头的大鸡笼就吱嘎吱嘎地慢慢冲上了沙滩，结束了这段危险的航行。

你们大可放心，那两名失事者很快就上了岸，都没花多少时间。黄母鸡直接飞到沙地上，桃乐丝只能从高高的板条上爬过去。不过，对于一个总干农活的小女孩来说，这算不了什么。她安全着陆以后，立刻把潮湿的鞋子和袜子全脱了下来，摊在被太阳晒得暖烘烘的沙滩上晾干。

然后她坐下来，看着比莉娜。比莉娜正将尖尖的喙埋在沙砾中又啄又挖，还用粗壮的爪子在里面又扒又翻。

“你做什么呢？”桃乐丝问。

“当然是在吃早餐啊。”黄母鸡咕哝着回答，一边还在匆忙地不停地啄着。

“你找到了些什么？”小女孩好奇地问。

“唔，一些肥肥的红蚂蚁，几只白蛉虫，偶尔还能找着个把小蟹，我可以告诉你，它们又香又甜。”

“多可怕呀！”桃乐丝用一种厌恶的口吻高声说。

“怎么可怕了？”黄母鸡问道，然后抬起头，一只明亮的眼睛望向了她的同伴。

“哎呀，吃活的东西，而且还是那些可怕的虫子、吓死人的蚂蚁，你自己难道不会感到害臊吗？”

“天哪！”黄母鸡迷惑地回答，“你这人真怪，桃乐丝！活的东西比死的要新鲜得多，也卫生得多，而你们人类，却总吃各种各样的死东西。”

“我们才不吃呢！”桃乐丝说。

“你们吃的，就是吃的，”比莉娜回嘴说，“你们吃羊、吃牛、吃猪，连小鸡也吃。”

“可我们是把它们煮熟了才吃的。”桃乐丝得意地说。

“那有什么差别？”

“当然有差别，”小女孩用较为严肃的口吻说，“尽管我说不清是什么差别，但就是有差别。而且不管怎么说，像昆虫这样可怕的东西，我们是从来不吃的。”

“可是别忘了，你们吃那些吃昆虫的小鸡。”黄母鸡怪声怪气地叫了一声，反击说，“所以，你们同小鸡一样糟糕。”

这使桃乐丝陷入了沉思。比莉娜的话很对，却几乎使她失去了吃早餐的胃口。至于那只黄母鸡，她还是在沙地上继续忙忙碌碌地啄着食，看上去对她要吃的东西十分满意。

不过后来，比莉娜在接近下面水边的地方，把喙深深地啄进沙土里时，突然缩了回来，颤抖了一下。

“啊唷！”她喊道，“这一次我啄到金属上了，嘴都差点被震破了。”

“也许只是块石头。”桃乐丝漫不经心地说。

“瞎说！你以为我分不清石头和金属吗？”黄母鸡说，“它们啄上去的感觉可不一样。”

“可是，这地方根本就没有人烟，这片海滩上又怎么可能会有金属呢？”女孩坚持说，“你在什么地方啄到的？我把它挖出来给你看看，你就知道我说的是对的了。”

比莉娜就把那“撞了她嘴一下”（按她的说法是这样）的地方指给小女孩看，桃乐丝把沙子挖开，最后碰到一件硬东西。于是她伸手进去，把那东西给拽了出来，发现那是一把金色的钥匙，个头儿很大，虽然旧了，还是亮闪闪的，也没有变形。

“我对你说什么来着？”黄母鸡发出得意的咯咯声，高声喊道，“我难道还不能分辨出碰上的是不是金属吗？这难道是块石头？”

“这是金属，那是确定无疑的。”小女孩望着她找到的那个稀罕物件，沉思着说，“而且，我看这应该是用纯金做的，一定埋在沙地里好长时间了。比莉娜，你觉得这个地方为什么会有这样一把钥匙？这神秘的

钥匙又是用来开什么的呢？”

“这我可说不上来，”黄母鸡回答，“你不是应该比我更熟悉锁和钥匙吗？”

桃乐丝朝四周张望了一圈，没有发现任何房屋。她认为，一把钥匙就应该配一把锁，而每一把锁都得有它的用途。或许，这把钥匙是一个来过这海岸边散步，但是住在很远的地方的人弄丢的。

小女孩一边思考着这些事情，一边把钥匙放到口袋里，然后慢慢地把在太阳底下晾干了的鞋子和袜子穿上。

“我想，比莉娜，”她说，“我要到周围去转一转，看看是不是能找到一点可以吃的东西。”

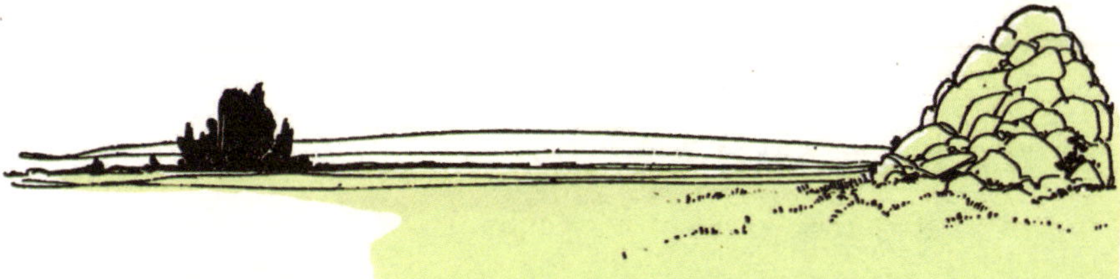

第三章

沙滩上的字

提防车轮人

桃乐丝从水边向树林那边走去，走了没几步，就到了一片平坦的白沙滩。在沙滩上，似乎有某些奇怪的记号，像是被人用树枝画在上面的。

“写的什么呢？”她问黄母鸡，她正神气活现地走在她身边。

“我怎么知道？”黄母鸡回答，“我又不认识字。”

“啊，你不认识字？”

“当然不认识，你得知道，我还从来没有上过学。”

“唔，我上过学，”桃乐丝承认，“可是这些字母很大，间隔又很开，很难认出是什么字。”

但她还是仔细地辨认着每个字母，最后终于拼出了沙滩上写着的这些字：

提防车轮人！

“真怪，”黄母鸡在桃乐丝大声地读过这几个字以后，说，“你觉得车轮人是指什么？”

“我想，可能是指一些推着车的人。他们大概有手推车、婴儿车，或者手拉的小车。”桃乐丝回答说。

“也许是些汽车，”黄母鸡猜测说，“因为婴儿车和手推车是不需要提防的，只有汽车是很危险的东西，我曾经有几个朋友就是被它们碾死的。”

“不可能是汽车。”小女孩说，“因为，这是一个新的、未开化的国度，甚至连无轨电车和电话都不会有，我肯定，就算这里有人，这些东西也还没有被发明出来。我不相信这里会有什么汽车，比莉娜。”

“或许不会有，”黄母鸡表示同意，“你现在要去哪儿？”

“去树林那边，看看能不能找到一些水果或坚果。”桃乐丝回答。

她费力地走过沙滩，又从一座小石山的侧面绕过去，很快就走到了树林边上。

她失望极了，因为，附近生长着的都是一些矮树丛、白杨树或桉树，这些树上根本就不结水果或坚果，小女孩几乎感到绝望了。但是，随着她缓慢地前行，前面出现了两棵树，这两棵树似乎能够提供给她充足的食物。

一棵树上全是方形的纸盒，每一根树枝上都挂满了一串串的盒子。在一些最大和最成熟的盒子上，可以看到由几个字母拼成的清晰而显眼的“午餐”字样。这棵树的果实似乎是一年四季都在生长着，因为有些树枝上还盛开着午餐盒的花朵，有些树枝上结出的却是小小的、绿油油的午餐盒，很明显要等它们长大一些才能吃。

而且，这棵树上的叶子全都是餐巾，饥肠辘辘的小女孩看到这番景象，可算高兴起来了。

在午餐盒树旁边的那棵树，就更妙了。在它上面生长着许多马口铁的晚餐桶，这些提桶又多又重，就连那些粗壮的树枝也被压得低垂了下来。那些很小的桶呈现出的是一种深褐色，稍大一些的是暗淡的马口铁颜色；而真正成熟的，是那些发亮的马口铁盒子，阳光照耀在上面，映射出美丽的闪闪光芒。

桃乐丝很高兴，即使是黄母鸡，也承认自己很惊讶。

小女孩踮起脚，摘下一个最大、最饱满的午餐盒，然后就坐到地上，急急忙忙打开它。她看见里面有一块用白纸包好的火腿三明治、一块松糕、一根腌黄瓜、一片新鲜的干酪和一只苹果。每一样东西上面都有一个柄连在盒子边上，需要用手摘下它们。这些东西都很好吃，所以桃乐丝一直把盒子里的午餐吃得一丁点儿都不剩，这才停手。

“午餐同早餐不完全一样，”她对比莉娜说，黄母鸡一直坐在她旁边好奇地盯着她，“不过，要是一个人饿了，就算是在早上吃晚餐，也不会埋怨的。”

“我希望你的午餐全都已经熟了，”黄母鸡关切地说，“很多疾病都是因为吃生东西造成的。”

“噢，我可以肯定它们是熟的，”桃乐丝说，“全都已经熟了，除了腌黄瓜是例外，腌黄瓜只能是生的，比莉娜。但是每样东西吃起来都很鲜美，和教会组织的野餐比起来，我更愿意吃它。我想现在应该再摘下一只晚餐桶，好等我下一次饿了时吃。然后我们就出发，在这里四处察看一下，看看我们在什么地方。”

“你一点儿也不知道这是什么地方吗？”比莉娜问。

“一点儿也不知道，不过听着：我可以肯定这是一

个仙境，否则树上是不会结出像午餐盒和晚餐桶这样的东西的。再说，比莉娜，身为一只黄母鸡，在堪萨斯那样的文明开化之地，你是不可能会讲话的，在那里根本没有什么仙女。”

“也许，我们是在奥兹国的土地上。”黄母鸡沉思着说。

“不，这是不可能的，”小女孩回答，“因为我去过奥兹国，那个国度的四周都围着可怕的沙漠，没有人能走得过去。”

“那么，你又是怎么从那儿离开的呢？”比莉娜问。

“我有一双银鞋，它可以带着我飞到空中。不过，我把银鞋弄丢了。”桃乐丝说。

“啊，是吗？”黄母鸡回答，显然并不相信。

“不管怎么说，”小女孩继续说，“奥兹国附近没有海岸，所以，这一定是什么别的仙境。”

她一边说，一边挑了一只发亮而好看的晚餐桶，上面似乎连着一个很粗的把柄。她把桶从树枝上摘下来，随后就和黄母鸡一起离开树荫，朝海边走去。

她们在沙滩上走了一会儿，比莉娜突然大声喊了起来，声音很是惊恐：“那是什么？”

桃乐丝迅速转过身去，就看见从树丛间的一条小路上，正走出来一个她前所未见的长相最为奇特古怪的人。

他看起来倒像人，只是在他走路时，或者说滚动时，是手脚并用的。他的胳膊和腿都是一样长的，看上去像是野兽的四条腿。但是，桃乐丝看得很清楚，这并不是一只野兽，因为那家伙穿着非常漂亮的彩色绣花衣服，脑袋上的一顶草帽时髦地歪戴着。不过，有一点他是和人不一样的，那就是生长在他的胳膊和腿上的，不是手和脚，而是圆圆的轮子，靠着这些轮子，他在平地上十分迅速地滑行。

在以后的时间里，桃乐丝了解到，这些奇怪的轮子，是由类似于人们的手指甲和脚趾甲那样的物质构成的；她还了解到，这个奇怪的种族，从一出生就是这么奇怪的。但是现在，当这个种族的第一个人第一次出现在桃乐丝面前时，她还以为，这个衣着华丽的家伙是在手上和脚上都穿上了旱冰鞋呢。并且，我们的小女孩还不能预知到，这个种族注定要带给她许多麻烦。

“快跑！”黄母鸡尖叫道，她害怕至极地拍打着翅膀，飞跑起来，“这是车轮人！”

“车轮人？”桃乐丝高声问，“那是什么？”

“难道你忘了沙滩上的警告？那儿写着‘提防车轮

人’。快跑，我叫你——快跑！”

于是，桃乐丝就跑开了，那个车轮人大喊一声，开始以最快的速度追逐起来。

小女孩一边跑，一边扭头看了一眼后面。她发现，这时又从树林中走出一大队车轮人，人数有好几十，全都穿着光彩夺目的贴身衬衣，发出野蛮而奇怪的吼叫声，一起朝她快速滑来。

“我们会被他们抓住的，比莉娜，”小女孩气喘吁吁地说道，那只摘下来的晚餐桶还在她手里提着，“我快跑不动了。”

“快，往这边山上爬！”黄母鸡说。

桃乐丝这才发现，她们距离去树林时绕过去的、那堆高低不平的乱石山很近了。这时，黄母鸡已经在乱石堆中扑腾着往上爬了，桃乐丝竭尽全力跟在她后面，沿着崎岖不平的陡坡爬了上去。

她的速度并不快，因为追在最前面的那个车轮人，几乎是紧随着她就到了山脚下，差一点儿就可以抓到她了。但是，这时候小女孩已经爬上了乱石堆，那家伙陡然间停了下来，发出愤怒而失望的大叫声。

就在这时，桃乐丝听见黄母鸡以她特有的方式发出咯咯的笑声。

“别着慌，我的孩子，”比莉娜喊道，“我们在这石堆上，他们根本无法追上来。所以，现在我们安全了。”

桃乐丝一听这话，马上停了下来，坐到一块大圆石上，因为她快要喘不上气来了。

其他的车轮人也陆续来到了山脚下，可是，很明显，他们的轮子是无法在崎岖不平的石头堆上滚动的，所以便无法到达桃乐丝和黄母鸡的藏身之地。不过，他们还是团团围住了小山，他们要让小女孩和比莉娜成为插翅难逃的囚犯，只要她们一下山，就会被抓住。

随后，那些家伙还以威胁的神气朝桃乐丝挥动起他们的前轮，而且其中有几个开始喊话，原来他们不止能发出可怕的吼叫声，还能说话。那几个人喊道：“我们会抓住你的，等着瞧！我们抓住你以后就把你撕成

碎片！”

“你们为什么要这么野蛮残忍地对待我？”桃乐丝问，“我初来乍到，又没有加害过你们。”

“没有加害过！”一个看上去像是他们首领的人喊叫起来，“难道你没有摘走过我们的午餐盒和晚餐桶？你手里不是正提着一个偷来的晚餐桶吗？”

“我每样只摘了一个，”桃乐丝回答，“那时我饿极了。而且，我也不知道那些树是你们的呀。”

“别找借口了，”那首领反驳道，他身上穿着最为华丽的衣服，“依据这里的法律，凡是没有得到我们的允许而私自采摘晚餐桶的人，我们有权马上处死。”

“别信他的话，”比莉娜说，“我敢肯定，这些树绝对不属于这些可怕的家伙。没有什么坏事是他们干

不出来的，我认为，就算是你没有摘晚餐桶，他们也会随意编个理由杀死我们的。”

“我也是这样想的，”桃乐丝对她的话表示赞同，“可是，我们现在该怎么办？”

“我们就留在现在待的地方，”黄母鸡劝诫说，“不管怎么说，这里很安全，我们不会被车轮人抓住。唯一的顾虑是可能会被饿死，但是在我们被饿死以前，足够发生许多事情。”

第四章

机器人滴答人

大约在一个小时以后，大部分的车轮人都回到树林中去了，只剩下三个人还守在这座小山底下。这几个人在沙地上像大狗那样弓起腰，假装成要睡觉的样子，但桃乐丝和比莉娜都不上他们的当，她俩一直安安稳稳地待在石头堆中，完全不理睬那些狡猾的敌人。

后来，黄母鸡在石堆上扑棱起她的翅膀，高声喊道：“喂，这儿有一条小路！”

桃乐丝立即来到比莉娜待着的地方，发现在那里的石缝之间，确实露出一条平坦的小路。这条路仿佛一只螺丝起子一般，在高低不平的圆石中间绕来绕去，一直从山顶环绕到山脚。不过路面始终平坦，很方便行走。

桃乐丝感到很奇怪，为什么那些车轮人不从这条路上山。不过，后来她沿着这条路走到山脚，才发现有几块大石头将路口给堵住了，这样的话，从山下是看不见这条小路的，车轮人也就没办法从这里上山了。

于是，桃乐丝又沿着小路走回了山顶，一直走到一块孤零零的大圆石旁边。这石头比周围的所有石头都要更大些，而且它正是那条小路的终点。小女孩迷惑了一会儿，弄不懂为什么要修这么一条路。不过，刚才那只黄母鸡一直跟在桃乐丝身后转悠，这时候也在她身边停下了，她蹲在一块石头上，突然开口说："看上去很像是一扇门，不是吗？"

"什么东西看上去很像一扇门？"小女孩问。

"哎呀，就是在你前面的那条石头缝呀，"比莉娜回答，她的小圆眼睛十分敏锐，似乎什么都逃不过她的视线，"你看，它从一边上去，又从另一边下来，穿过了顶部和底部。"

“什么东西？”

“唉，就是那道在石头中间的缝，我觉得这一定是扇石门，不过，我在任何地方都没有找着铰链。”

“噢，确实。”桃乐丝回答说，她这时才注意到那条石缝，然后她又看到在门边有一个深深的圆孔，于是指着说，“这好像是钥匙孔吧，比莉娜？”

“这当然是。现在，只要我们有钥匙，就可以把这门打开，看看有没有什么东西在里面。”黄母鸡回答，“说不定这里是一个金库，里面堆满了各种钻石、红宝石，或是一堆堆闪闪发光的黄金，或者是……”

“这锁孔使我想到了在海边捡到的金钥匙，”桃乐丝打断她说，“你认为那把钥匙能打开这扇门吗，比莉娜？”

“你试一试不就知道了。”比莉娜说。

于是，桃乐丝就在衣服口袋里摸了摸，找出了那把金钥匙。她把它插进石头孔洞里，转了一下，突然听到咔的一声脆响；紧接着，又是一阵听了令人头皮发麻的沉重的吱嘎声，那石块就真的像一扇有铰链的门那样向外敞开，露出里面的一间暗室。

“天哪！”桃乐丝大叫了一声，一个劲儿往狭窄的小路上退去，直到无法再后退为止。

因为，在那狭小的石屋中，有一个站立着的人影——至少，从昏暗的光线中看上去，像是一个人。他和桃乐丝差不多高，他的躯体就像一个圆球，是用黄铜铸成的，擦得锃亮。他的脑袋和四肢也是用铜铸成的，以一种奇怪的方式和他的躯体连接了起来——或者，是用铰链连接的。连接处都用金属盖子遮挡住了，就像是古代骑士们穿的盔甲那样。他一动不动地站在那里，光线射进去照到他身上哪个地方，哪个地方就会发出闪闪光芒，仿佛他是用纯金制造的。

“别害怕，”比莉娜停留在原地，喊道，“这不是

活的。”

“我知道他不是活的，”小女孩回答道，并深深地吸了一口气。

“这只不过是用黄铜做的，就像是牲口棚里的一只旧水壶一样。”黄母鸡继续说，她将脑袋先转向一边，然后又转向另一边，好让自己的两只小圆眼睛都能仔细地看一看这个东西。

“以前，”桃乐丝说，“我结识过一个铁皮人，他是个樵夫，名字叫作伐木人尼克。不过，他和我们一样是活的。因为，他生下来时是个真的人，后来才一点一点地变成了铁皮的身体，先是腿，然后是胳膊，最后是脑袋和躯体。这都是因为他使用的斧子常常滑落下来，一不小心就会出事，所以就把自己给砍坏了。”

“噢！”黄母鸡说，她从鼻子里哼出一声，似乎并不相信这件事。

“可是，这个铜人，”桃乐丝睁大了眼睛打量着他，接着说道，“看上去并不是活的，也不知道是用来做什么的，怎么会给关在这么个奇怪的地方呢？”

“这是一个谜。”黄母鸡说完，将头扭到一边去，用嘴巴梳理起翅膀上的羽毛。

桃乐丝走进这间小屋，绕到铜人的身后看了看，这时她发现在铜人的肩膀中央，也就是头颈后面的地方，挂着一张打印好的卡片。她取下这张卡片，拿回到光线亮一些的小路上，坐到一块石板上看上面印的字迹。

“写着什么？”黄母鸡好奇地问。

桃乐丝高声念着那张卡片，上面那些很难的字拼读起来相当吃力。最后，她念出来的是这样几行字：

铁皮匠和白铁匠

专卖双动式、高灵敏度的、有创造性思维、讲话流畅的机器人

由特定钟表分店组装

能思想、说话、行动、做任何事情，但无生命

由地处艾芙国埃夫纳城的本店独家制造

仿冒者将即刻受到法律严惩

“这多稀奇啊！”黄母鸡说，“你认为这上面说的一切都是真的吗，亲爱的？”

“我不知道，”桃乐丝回答，她还有东西没念完，“继续听，比莉娜。”

使用说明

思想——将机器人左臂下的发条拧紧（1 号标记）

讲话——将机器人右臂下的发条拧紧（2号标记）
走路和行动——将机器人背部中央的发条拧紧（3号标记）
注意：这套机械能保证完好地工作一千年。

“喔唷，我说，”黄母鸡惊奇地倒吸了一口气，“如果这个铜人能做到其中的一半事情，都算是一个非常奇妙的机器了。不过，我想这肯定是骗人的，就跟其他许多专利品一样。”

“我们拧一下发条就知道了，”桃乐丝提议说，“看看他能做些什么。”

“拧发条的钥匙在哪儿？”比莉娜问。

“就挂在钉子上，我找到卡片的地方。”

“那么，”黄母鸡说，“让我们试试看他是不是能走。卡片上说他可以用一千年，不过我们还不清楚他在这石室中已经待了多长时间。”

这时候，桃乐丝已经从钉子上取下了那把钥匙。

“我应该先拧哪一根发条？”她一边问，一边又看了看卡片上的说明。

“我想最好是先拧1号发条，”比莉娜回答，“这可以使他具有思维能力，对吗？”

“是的。”桃乐丝回答道，然后将左胳膊下的 1 号发条拧紧了。

“他看上去还和先前一样嘛。”黄母鸡挑剔地说。

“那当然了，现在，他才只是刚刚有思想。”桃乐丝说。

“我想知道他在想些什么。”

“我把能让他讲话的那根发条拧紧，也许那时他就能告诉我们了。”小女孩说。

于是，她又拧紧了 2 号发条。

这个机器人在讲话的发条被拧紧后，立刻就说话了，不过，他在说话时除了嘴唇在动以外，全身仍然一动也不动：“上——午——好，小——姑娘。上——午——好，黄母鸡女士。”

语音听上去有些嘶哑，吱吱嘎嘎的，而且，每个字的声调都完全相同，没有任何起伏变化。不过桃乐丝和比莉娜完全能听懂。

“上午好，先生。”她们有礼貌地回应了他。

“感谢你们救了我。”机器人继续往下说，声音还是那样呆板单调，就像是从他内部的风箱里发出来的。小孩子们在用力挤压塑胶玩具时，也会发出类似的噪声。

“不用客气。”桃乐丝回答道，然后，她又很好奇地问，“你是怎么被关在这个地方的？”

“说来话长，”机器人回答，“我将尽量简短地告诉你。在艾芙国，有一个名叫埃沃尔多的残暴君王，他从我的制造者铁皮匠和白铁匠那儿买走了我。他屡次把他的所有仆人都打死，但是他没法打死我，因为我不是活人，一个人要能死去，首先得是活的。所以他的殴打并不能伤害到我，只能把我铜制的身体蹭得更亮些。

“这位残暴的君王有一位可爱的妻子，十个漂亮的孩子——五个男孩和五个女孩。有一次，他在怒火之下把他们全卖给了矮子精国王，这位国王用魔法把他们全变成了别的样子，放在他的地下宫殿中去装饰房间。

“过了段时间，艾芙国国王对他所做的坏事感到后悔，于是想从矮子精国王那儿夺回自己的妻子和孩子，但没有成功。他在绝望中把我锁到了这间石室里，并把钥匙扔到海里，然后就跳进海里自杀了。”

“这太可怕了！”桃乐丝高声喊道。

“是的，真可怕！”机器人说，“我发现自己被关起来以后，就大声呼救，一直喊到能让我讲话的发条松开为止。然后我就在这间小屋子里来回踱步，后来能使我行动的发条也松开了。接下来我就只好一动不动地站在这里思考，后来，能使我思考的发条也松开了。从那以后，我就什么也记不得了，直到你们又帮我拧紧了发条为止。”

“这真是一个奇妙的故事，”桃乐丝说，“这恰恰证实了艾芙国的确就像我认为的那样，是个仙境。”

“那是当然，”机器人回答，“我认为，像我这样完美的机器人，只可能存在于仙境之中，在其他地方是不会有的。”

“我确实从未在堪萨斯见过。”桃乐丝回答说。

“不过，你们是在哪儿找着打开这扇门的钥匙的？”机器人问。

“我们是在海边发现的，或许是海浪把它冲上了沙滩。”桃乐丝回答，“现在，先生，如果你不介意的话，我要把你行动的发条拧上了。”

“我会非常高兴你这样做的。”机器人说。

于是小女孩就把3号发条也拧上了，那机器人立刻迈着僵硬的步伐，摇摇晃晃地走出了石室。他脱下铜做的帽子，非常有教养地弯了下身子，然后在桃乐丝面前跪了下来，对她说：“从今以后，我就是你

顺从的仆人。不管你命令我做什么，我都会尽力去做到——只要你能一直帮我拧紧发条就行了。”

“你叫什么名字？”小女孩问。

“滴答人，”他回答说，“我以前的主人给我起了这么个名字，因为在发条渐渐松开时，总是发出滴答、滴答的声音。”

“我现在也听到了。”黄母鸡说。

“我也听到了，”桃乐丝说道，又有些担心地补充了一句，“你不敲钟点的吧，是吗？”

“是的，”滴答人回答，“而且我的机械上也没有接上闹钟。不过我可以用说话来告诉你时间，由于我

从不睡觉，所以早上无论你想什么时候起床，我都能叫醒你。”

“那好极了，”小女孩说，“不过，我从来不愿意一大早就起床。”

“你可以睡到我生蛋的时候，”黄母鸡说，“等我咯咯叫时，滴答人就知道该叫醒你了。”

“你一般在什么时间生蛋呢？会不会很早？”桃乐丝问。

“八点左右，”比莉娜说，“我敢肯定，这个时间每一个人都应该起床了。”

第五章

桃乐丝打开晚餐桶

“滴答人，”桃乐丝说，“现在我们首先要做的事，就是要想个办法逃离这座石山。你知道吗，车轮人就在下面，还威胁说要杀死我们。”

“如果是车轮人，那没什么可担心的。”滴答人说道，吐字比先前更慢了。

“为什么呢？”小女孩问。

“因为，他们是格——格——格——格——

尔——尔——尔——”

机器人在发出一阵“格格”的声音以后，突然停住了，拼命挥动着他的两只手，突然他的动作也停下了，整个人一动不动，一条胳膊还停在空中，另一条僵直地放在身前，五根铜手指全部叉开着，像是一把扇子。

“天哪！”桃乐丝惊恐地问，“这是怎么回事？”

“我猜，那是因为发条松了，”黄母鸡冷静地回答，“你肯定是没有把发条拧紧。”

“我不知道该拧几下，”小女孩回答，“不过这一次我会尽力干得漂亮些的。”

她跑到滴答人身后，想把挂在他头颈后面的钉子上的那把钥匙取下来，可是却没有在那儿看见钥匙。

“不见了！”桃乐丝沮丧地高声说。

“什么东西不见了？”比莉娜问。

“钥匙。”

“也许掉下来了，在他向你深深鞠躬的时候，”黄母鸡回答，“你找找看，就在这周围，也许你能找着。”

桃乐丝到处寻找，不久，在黄母鸡的帮助下，小女孩找到了那把上发条的钥匙，它刚才掉进石头缝里去了。

她马上拧动了能让滴答人说话的发条，还注意尽量多拧了几下钥匙。她发现，这事也并没有那么容易做到，如果你尝试过拧钟表的发条，就能想象出是怎么回事了。不过，机器人总算开口了，他让桃乐丝放心，说至少在二十四小时以内，说话是没有问题了。

“第一次，你没有拧紧我的发条，”他平静地说，“而且我给你讲了那么多关于埃沃尔多国王的事情，所以发条松开了，这事儿毫不奇怪。”

接下来，小女孩又把能使机器人行动的发条拧紧了，比莉娜建议她把这把拧动滴答人发条的钥匙放进自己口袋里，免得下次不小心又弄丢了。

等这一切都办妥以后，桃乐丝说："现在，请你告诉我，刚才你想说的关于车轮人的事情。"

"噢，他们一点儿也不可怕。"机器人说，"他们试图让人们以为他们是极其可怕的，其实对于敢同他们作战的人来说，车轮人是完全不可怕的。也许他们会企图伤害像你这样的小姑娘，因为他们是些坏蛋。但是，如果换成我，只要我拿一根棍棒，他们一看到我就会逃跑的。"

"你有棍棒吗？"桃乐丝问。

"没有。"滴答人回答说。

"这里全是一堆堆的石头，你也找不着这样的东西。"黄母鸡说。

"那我们要怎么办呢？"小女孩问。

"请把能使我思想的发条拧紧一点儿，我来想想有没有别的办法。"滴答人说。

于是，桃乐丝又一次拧紧了能让他思考的发条，在他想办法的时候，桃乐丝决定吃晚餐了。比莉娜这时已经在石头缝中到处啄了起来，想要找到一些吃的东西。因此，桃乐丝坐下来，打开了马口铁的晚餐桶。

在桶盖上，她发现了一只小罐，里面装满了美味可口的柠檬汁，上面还罩着一只杯子。桃乐丝取下杯子，正好用它盛柠檬汁来喝。在桶里面，还有三片火鸡、两片冷舌头、一些龙虾沙拉、四片涂满黄油的面包、一小块奶油蛋糕、一个橘子和九颗大草莓，还有一些坚果和葡萄干。有趣的是，这些晚餐桶中的坚果都已经熟得裂开了，所以，桃乐丝毫不困难就可以取出它们里面的果仁。

她取出这些丰盛的食物，放到身旁的石头上，就开始吃起来。她还请滴答人也吃一些，但是他用不着吃东西，就像他自己说的，他只是一部机器。她又向比莉娜分享她的食物，可是黄母鸡咕哝着说这些都是“死的东西”，她宁愿吃虫子和蚂蚁。

“午餐盒树和晚餐桶树，这些是属于车轮人的吗？”小女孩一边吃饭，一边向滴答人询问道。

“当然不是，”他回答说，“这些都是属于艾芙国王族的。当然，现在没有王族了，因为埃沃尔多国王已经跳到海里淹死了，而他的妻子和十个孩子又被矮子精国王施了变形术。所以我想，现在艾芙国应该是没有统治者的。或许就因为这个原因，车轮人才会认为这些树是属于他们的，他们想把上面的午餐盒和晚餐桶摘下来自己吃。但是，这些树确实是属于国王的，每只晚餐桶底上都有着代表王族的‘艾’字，你可以

找找看。”

桃乐丝把提桶底朝上翻过来，立刻就看到了上面的王族标记，和滴答人说的一模一样。

“艾芙国里只有车轮人居住吗？”小女孩问。

“不是，车轮人只住在这一小块地方，就在树林的后面。”机器人回答，“可是，他们总是惹麻烦，还不讲礼貌。我的老主人，埃沃尔多国王出去时，总会在身上带一根鞭子，好教这些家伙守规矩。在我刚刚被制造出来时，那些车轮人曾经想要碾死我，还拿他们的脑袋来撞我。但是，他们很快就发现，我是用十分坚固的材料制造的，他们伤害不到我。”

“你看上去确实很结实耐用。”桃乐丝说，“是谁把你制造出来的呢？”

“是埃夫纳城内的铁皮匠和白铁匠，王宫就在那儿。”滴答人回答说。

“他们制造出很多像你这样的机器人吗？”小女孩问。

“没有，我是他们制造出来的唯一一个自动机器人。”他回答，“他们是非常优秀的发明家，我的那两位制造者，他们做什么都很有技巧。”

“对于这一点，我丝毫不怀疑，”桃乐丝说，“他们现在还住在埃夫纳城内吗？”

“两人都离开了。”机器人回答说，“铁皮匠先生是一位艺术家，也是一位发明家，他画了一条河，就同真的一样，但是当他要过河去对岸画一些花朵时，掉进水里淹死了。”

“哎唷，这真叫人遗憾！”小女孩高声说。

“白铁匠先生，”滴答人接着说，“他做了一架很高很高的梯子，梯子的一头可以直接架到月亮上，他就站在梯子的最高一级上摘取小星星，想用它们来装饰王冠。但是，当他登上月球以后，白铁匠先生发现那儿真美，就决定住在那里了。随后，他把梯子也拉了上去，从此我们就再也没有看见过他。”

“这对国家来说，一定是个重大的损失。”桃乐丝说，这时她已经在吃奶油蛋糕了。

“确实。”滴答人承认，“特别是对我来说，更是个重大的损失，因为万一我哪儿坏了，我想不到还有其他什么人可以来修理我。因为我十分复杂，你简直无法想象，我身上是由多少个机械零件构成的。”

“我可以想象。”桃乐丝随口应答道。

“现在，”机器人接下去说，“我应该停止讲话，开始想想有没有能从这石山上逃走的办法。”说完，

MOON

他转过身去，想不被打扰地好好考虑一下。

“我遇见过的最优秀的思想家，”桃乐丝对黄母鸡说，“是一个稻草人。”

“瞎说！”比莉娜反驳她说。

“这是真的，”桃乐丝说，“我是在奥兹国时遇见他的。那时候，我要到伟大的奥兹国魔法师那儿去，他陪着我一起去，想得到一副脑子，因为他的脑袋里塞满了草。不过，我认为他在得到脑子以前就很聪明，和他得到脑子以后没什么两样。”

“难道你还想让我相信关于奥兹国的见鬼的话吗？”比莉娜问，她显得有点儿焦躁——也许是因为这山上找不到虫子。

“什么见鬼的话呀？”小女孩问，这时候她正在吃最后几粒坚果和葡萄干。

“哎呀，就是你那些异想天开的话，什么会说话的动物，活的铁皮人，有思想的稻草人。”

“他们就在那里，”桃乐丝说，“我亲眼看见的他们！”

“我不相信！”黄母鸡把脑袋一扬，高声说。

“那是因为你太无知了，”小女孩回答道，对她的朋友比莉娜所说的这些话，她有一些生气。

“在奥兹国里，”滴答人转过身来，对她们说，“一切都是有可能的，因为那里是个奇妙的仙境。”

“怎么样，比莉娜！我说什么来着？”桃乐丝先是大声说，然后她转身看向机器人，急切地问道，“你去过奥兹国吗？”

“没去过，不过我听人提起过。”滴答人说，“因为它同这个艾芙国之间只隔着一片大沙漠。”

桃乐丝高兴地拍着双手。

“听到这话我真高兴！”她高声说，“距离老朋友这么近，真让我感到开心。比莉娜，我和你提起过的那个稻草人，他就是奥兹国的国王。”

“请原谅，他现在已经不是国王了。”滴答人说。

“在我离开那里时他还是国王。”桃乐丝说。

“我知道。”滴答人说，“但是，在奥兹国发生过一次政变，一位名叫金珠儿的女兵赶走了稻草人。从那以后，又有一个名叫奥芝玛的小姑娘赶走了金珠儿。奥芝玛是王位的合法继承人，所以现在就成为了奥兹国的女王，统治着这个国家。”

“这对我来说倒是新闻。”桃乐丝若有所思地说，“不过，我想，自从我离开奥兹国以来，一定发生了很多事情。我很想知道，稻草人、铁皮人和胆小的狮子现在都怎么样了？还有，那位奥芝玛姑娘又是谁，因为我以前还从未听说过她。”

但是，滴答人对于这些问题都没有回答。他已经又转过身子，专心致志地思考问题去了。

桃乐丝把吃剩的食物又放回铁桶里，以免浪费这些好吃的东西。黄母鸡这会儿啄起了掉下来的碎渣，而且贪婪地将这些碎渣全部吃干净了，把刚刚具备的尊严抛到了九霄云外——之前桃乐丝要和她分享食物时，她表现得不屑一顾。

这时，滴答人来到她们跟前，僵硬地鞠了一躬。

“请跟我来，”他说，“我将带你们离开这里，到埃夫纳城去，那里会让你们感觉舒适一些的。我会保卫你们，使你们不被车轮人打扰。”

“好的，”桃乐丝立即回答说，“我已经准备好了。”

第六章

兰薇得尔的许多头

他们沿着那条石间小路，缓缓地往下走。滴答人走在最前面，桃乐丝紧跟着他，黄母鸡则迈着小碎步走在最后。

到了路尽头，那个滴答人弯下身来，很轻易地就把挡在路上的石头搬开了。然后他转过身，对桃乐丝说：“你的晚餐桶请让我拿着。”

小女孩立刻将自己右手拿的桶递给了他，他用左手接住，铜手指牢牢地抓在结实的把柄上。

然后，这支小小的队伍走到了平坦的沙滩上。

那三个负责监视山冈的车轮人，一发现他们就粗野地放声大叫起来，并飞快地朝他们滑过来，想要抓住他们或是挡住他们的去路。但是，滴答人抡起马口铁的晚餐桶，对准那个跑在最前面已经来到他们跟前的车轮人，向他的头部狠狠砸去。

这一砸也许并不太疼，但是发出的声音很响，所以车轮人哀号了一声，倒在地上。紧跟着他又爬起来，飞快地溜走了，他在滑行的同时还发出惊恐的尖叫声。

“我对你们说过的吧，他们是伤害不了人的。”滴答人开口说。但是还没等他继续说下去，第二个车轮人也追上来了。嘭！晚餐桶再次砸到他头上，把他的草帽都打得飞出去十来尺。只这一下就把这个车轮人吓坏了，他赶紧跟着第一个车轮人滑走了。而第三个车轮人看到这样的情况，不等铁桶砸到他头上，就拔腿跟随他的同伴溜掉了。

黄母鸡兴奋得咯咯直叫，飞落到滴答人肩膀上，对他说：“干得太漂亮了，我的铜朋友！想法也极妙，现在，我们终于摆脱掉这些不怀好意的家伙了。”

可是，她的话音刚落，树林中又滑出一大群车轮人，他们企图依仗人多来取胜，都疯狂地朝滴答人滑来。桃乐丝赶忙将比莉娜抱到怀中，紧紧地搂住。而滴答

人用左臂抱着小女孩的身体，用身体把她保护起来。这时候，车轮人已经冲到了他们跟前。

咔啦咔啦，嘭！嘭！晚餐桶被抡向四面八方，与车轮人的头部碰撞后发出铿锵的声音。这些车轮人可能未必被打疼，但他们都被吓坏了，全部慌乱地逃窜开。也就是说，除了他们的首领以外，其余的全都跑掉了。那个首领因为被另一个车轮人绊倒了，仰面躺在地上，还没等他撑着轮子站起来，滴答人已经赶上前去用铜手指紧紧卡住他的脖子，把这个衣着华丽的敌人牢牢抓住了。

“让你的手下走开。”机器人向他发话。

车轮人的首领一开始还不肯下达这一命令，但滴答人开始使劲地晃他，像一只猫在摇晃老鼠似的，直摇得车轮人的牙齿咔咔作响，就像冰雹打落在窗框上的声音。等到那家伙终于透过气来，他赶紧命令其他人走开，他们立即照办了。

“现在，”滴答人说，“你要跟着我们走，把我想了解的事情都告诉我。”

“你这样对我，将来是要后悔的，”车轮人喊叫道，“我可是一个非常凶狠的人。”

“说到这一点嘛，”滴答人毫不在意地回答，“我只是一部机器，无论发生什么事情，伤心也好，喜悦也好，我压根儿都感觉不到。还有，你要自认为自己很可怕，或者很凶狠，那可就错了。”

“为什么？”车轮人问。

“因为，别人都不会像你这样认为，你的轮子使你无法伤害到任何人。首先，你没有手掌，没法抓挠，甚至连拉扯别人的头发也做不到；然后，你也没有脚，踢不了人。你能做的只有说话和喊叫，这根本就伤害不到任何人。”

车轮人听了他说的话，一时间泪如雨下，这使桃乐丝感到非常惊讶。

“现如今我和我的臣民全完了！”他抽泣着说，“因为，你揭穿了我们的秘密。正是因为我们没有伤人的能力，我们才想要伪装成十分凶狠和可怕的人，甚至还在沙滩上写下‘提防车轮人’的警示语，好让人们能怕我们。在这以前，我们几乎成功地吓坏了所有人。但是，你竟然发现了我们的弱点，恐怕我们的敌人马上就会向我们发动攻击，使我们陷入十分悲惨和不幸的境地中。”

“啊，不会的，”桃乐丝高声说，看到这个衣着十分漂亮的车轮人如此悲伤，她也感到很难过，“滴答人会替你们保守秘密的，比莉娜和我也会这样做。不过，你得保证，要是孩子们接近你，你不许再去吓唬他们！”

“我不会了——真的，我不会再这样了！”车轮人赶紧下了保证，然后他停止了哭泣，又变得乐观起来，“要知道，其实我并不是真正的坏人，只是我们必须装出一副可怕的样子，以防止有人威胁到我们。”

“你说的只有一部分是正确的，”滴答人说，他这时正向穿过树林的那条小路走去，手中还牢牢抓着他的俘虏，这车轮人就跟在他身边缓慢地滑动着，“你和你的臣民总是招惹麻烦，只要有人害怕你们，你们就喜欢一个劲儿地去纠缠。而且，你们还总是那么鲁

莽和讨人嫌。当然，假如你们愿意努力改正这些错误，我就不去告诉任何人你们有多无能。”

“我们当然会尽力去改正。”车轮人急切地回答，“滴答人先生，你的善意我非常感激。”

“我只不过是一部机器。”滴答人说，“正如我感受不到遗憾或者高兴一样，同样我也不具备什么善意，我只能做发条允许我做的事。”

“你的发条是不是能允许你保守我们的秘密？”车轮人焦虑地问。

“允许的，只要你表现好。不过，告诉我，艾芙国现在是由谁在统治着？”机器人回答完以后问道。

“现在没有统治者，”车轮人回答，“因为国王那一家子，几乎所有人都被矮子精国王给关起来了。只剩下已故国王的侄女兰薇得尔公主还住在王宫里，花销都由国库支出。但是，兰薇得尔也并不是这个王国的统治者，你知道，她并不愿意治理国家。不过，她所拥有的权力，也和统治者差不多了。”

“我不记得她了，”滴答人说，“她长什么样子？”

“那我可说不上来，”车轮人回答，“尽管我见过她二十次了，但是每一次我见到的兰薇得尔公主都不是相同的，就连她的臣民，也只能根据一把美丽的红宝石钥匙才能确认是她。这把钥匙她一直用一根链子挂在左手腕上。只有当我们见到这把钥匙时，才能确认我们面前的这位是公主。”

“这真是奇怪，”桃乐丝惊讶地说，“你的意思是不是说，这么多不同的公主都是同一个人？”

“我也不清楚。”车轮人回答，“当然，公主只有一个，但是她是以各种不同的面貌出现在我们面前的，而且都很漂亮。”

“她一定是个女巫。”小女孩高声说。

“我看未必是这样。”车轮人说，“不过，她一直都表现得有点儿神秘。她是一个非常爱慕虚荣的人，大部分时间都待在一间四周镶满了镜子的房间里，这样，不管她瞅向哪里，都能欣赏到她自己的容貌。”

没有人回话，因为这时他们已经走出了树林，眼前出现一条峡谷，优美的风景将他们的注意力全部吸引了过去——那儿生长着许许多多的果树，还有大片大片绿色的田野，四处坐落着漂亮的农舍，还有四通八达的宽阔而平坦的道路。

就在这美丽的峡谷中心，距离我们的朋友们站的位置不到一公里的地方，王宫的尖顶高高耸立着，在蓝色天空的反衬下，闪闪发着光。王宫四周是美丽动人的花园，满是鲜花和灌木丛，几处喷泉叮咚作响地点缀其中，而在几条幽雅的小径两旁，还有成排的白色大理石塑像。

当然，在他们沿着马路走近王宫以前，这一切桃乐丝是无法看到并欣赏的。但当他们这一行人走进庭院，一直走到王宫宽大的正门前面时，她还想多看两眼这美丽的景色。

他们发现大门令人失望地紧闭着，在门上钉着一块牌子，上面写着：

主人不在

请敲左侧厅第三扇门。

“现在，”滴答人对车轮人说，“你应该带我们到左侧厅去。”

“好的，”俘虏回答说，“就在这里，右边这个。”

“左侧厅怎么可能会在右边呢？”桃乐丝问，她担心车轮人是在欺骗他们。

“因为从这里数过去有三个侧厅，有两个都被拆掉了，只剩下右边这唯一的一个侧厅。这是兰薇得尔公主为了防止有人来打扰她，特意定下的计策。”

因此，那俘虏就带着她们来到侧厅跟前。这以后滴答人将不再需要车轮人，于是就让他离开了，好让

他回到他的同伴那里去。车轮人马上大步滑走，很快就消失不见了。

这时候，滴答人挨个儿数着这个侧厅的门，在第三扇门上大力地敲起来。

开门的是一个矮小的女仆，她戴着一顶装饰着彩色飘带的帽子，非常恭敬地鞠了一躬，问道：“有什么能为你们效劳的呢，各位？”

“你是兰薇得尔公主吗？”桃乐丝问。

“不，小姐，我只是她的仆人。”女仆回答。

“那请问，我可以拜见公主吗？”

“小姐，我这就去告诉她你在这里，请她来见你。”女仆说，“请进，你们可以在客厅里坐着等。”

于是桃乐丝走了进去，滴答人紧随其后。但是，当黄母鸡想要跟在他们身后走进去时，那个女仆却大喊了一声“去”，并用围裙挥赶比莉娜。

“你才去呢！”黄母鸡反驳道，她生气地往后一退，身上的羽毛全都竖立了起来，“你态度就不能好一点儿吗？”

“怎么，你能说话？”女仆问道，显得很是惊讶。

“你不是听见了吗？”比莉娜怒气冲冲地说，“快放下你的围裙，别堵在门口，我要和我的朋友们一起进去！”

“公主会不高兴的。”女仆迟疑地说。

“我才不管她是不是高兴呢！”比莉娜回答道，然后她大力拍打着翅膀，飞扑向女仆的脸，女仆马上一低头躲开了，黄母鸡安全地来到了桃乐丝的身边。

“好吧，”女仆叹了一口气，“要是你们大家因为这只顽固的黄母鸡而惹怒了公主，那可怨不着我。兰薇得尔公主生起气来可不是闹着玩儿的。”

“请你告诉她，我们一起在这里等她。”桃乐丝认

真地说，“比莉娜是我的朋友，我到哪里，她当然也应该到哪里。”

女仆没有再说什么，带他们进了一间装饰得很豪华的客厅，从彩色的窗玻璃中透进来一道道柔和的光，将客厅照得很明亮。

“请留在这儿，”她说，“我向公主通报时，应该怎么介绍你们？”

“我是堪萨斯的桃乐丝·盖尔，”小女孩回答，“这位先生是机器人，名字叫作滴答人，还有我的朋友黄母鸡，她的名字是比莉娜。”

女仆鞠了一躬，便退了出去。她穿过几条走廊，又爬了两层大理石楼梯，才来到女主人的起居室。

在兰薇得尔公主的整个起居室里，从上到下，到处都镶嵌着大块的镜子，就连天花板也是由镜子拼成的，地板则是由锃亮的银子铺的，一尘不染。所以，当兰薇得尔坐在安乐椅中用曼陀林琴演奏出悠扬的乐曲时，她的身影在墙壁、天花板和地板上，被照出千百道，不论公主的头往哪边转，她都能看见并欣赏到自己的容貌。她就喜欢这样做，当女仆进去时，她正在自言自语：“这颗头具有深褐色的头发和浅褐色的眼睛，还算漂亮。我应该比以前更多地戴上它，尽管它并不是我收藏中最美的一颗。”

“有客人到访，殿下。”女仆深深地鞠了一躬，说。

“都有谁呀？”兰薇得尔打了个哈欠，问道。

“堪萨斯的桃乐丝·盖尔，滴答人先生和比莉娜。”女仆回答。

“这些姓名多么古怪呀！”公主咕哝道，不过，她似乎产生了一点儿兴趣，“他们都长什么样？堪萨斯的桃乐丝·盖尔漂亮吗？”

“她算得上漂亮。”女仆回答。

“滴答人先生长得英俊吗？”公主接着问。

“这我可说不上，殿下。不过他看上去很光亮。仁慈的殿下，您愿意接见他们吗？”

“唔，见一下吧，南达。不过，我不乐意戴着这个脑袋去见他们，如果我的客人还说得上漂亮的话，我就得当心一些，不能让她超过了我。所以，我要先到密室里去，换上十七号头，我认为那是我最漂亮的面庞了，你觉得呢？”

“您的十七号非常美丽。”南达又鞠了一躬，回答。

公主又打了个哈欠，说：“扶我起来。”

女仆上前把她扶了起来。尽管在这两人之中，明明是兰薇得尔更强壮一些。这位公主缓慢地穿过银地板，朝密室走去，每走一步，都要将沉重的身体靠在南达的手臂上。

现在我必须告诉你们，兰薇得尔公主当时有三十颗头——就同一个月的天数一样多。不过，她每次只能安装上其中的一颗，因为，她的脖子只有一个。这许多头就存放在她所谓的“密室”之中，实际上那不过是一间漂亮的化妆室，就在兰薇得尔这间全是镜子的起居室和卧室之间。每一颗头都被单独安置在一只铺着丝绒的柜子里，这些柜子把化妆室的四壁排得满满的。在柜子上，装有雕刻精致的柜门，门上有金子铸成的号码，而门内有镶着珠宝的镜子。

每天早晨，公主会从水晶床上起来，走到密室中，打开一个铺着丝绒的小柜子，把里面的头从金架子上拿下来，用柜门内的镜子，把这颗头安装上。她经常穿一套简朴的白色服装，只有这套衣服和所有的头都能相配。正因为她随时可能变换她的容貌，所以这位公主不像其他那些永远只有一张脸的女士，喜欢穿各式各样不同的服装。

当然，这三十颗头是截然不同的，不会有哪两颗的容貌雷同。不过，每一颗头都同样的可爱。这里面有长着金发的、褐色头发的、浓密的茶褐色头发和黑发的，但是，长着白发的一颗也没有。在脸上，眼睛有蓝色的、灰色的、浅褐色的、褐色的和黑色的，但其中没有红色眼睛，所有的眼睛都明亮而美丽；鼻子有希腊式的、罗马式的、向上翘的、东方式的，全都是美丽的典型；嘴巴的大小和形状也都各不相同，但都会在微笑时露出一口白牙齿。至于酒窝嘛，有长在脸颊上的，有长在下巴上的，反正是哪里可爱就长在哪里。还有，长着雀斑的脸也有一两张，这是为了更好地衬托肤色。

所有这些装着宝贝的铺着丝绒的柜子，都由一把钥匙打开——那是用整块血红色的红宝石雕刻成的，一把奇怪的钥匙。这把钥匙被一根结实的细链条系了起来，缠绕在公主的左腕上。

南达扶着兰薇得尔来到第十七号柜子前面，公主用她的红宝石钥匙打开了柜门，把她原本戴着的九号头递给女仆，然后从架子上取下十七号，安到脖子上。这颗头长着黑色的长发和深褐色的眼睛，肤色仿若珍珠一般白净可爱。兰薇得尔很清楚，戴上它时自己就显得格外漂亮。

但是，十七号头有一个毛病，当人戴上它以后，脾气（大概是藏在光滑的黑发下）就会特别暴躁、严苛

18
19
21

和傲慢，这颗头经常让公主干出一些不愉快的事情来，这些事情每到她一换上其他脑袋，就会感到后悔。

今天她没有考虑这些，在前往客厅去会见客人的时候，她只是在想，当他们见到她时，一定会惊讶于她的美貌。

然而，她很快就失望了，她发现自己的这些客人，一个是穿着方格花布裙的小女孩，一个是上了发条才能走动的机器人，还有一个竟然是一只黄母鸡！这黄母鸡正惬意地窝在兰薇得尔最好的针线筐里面，在那儿有一只补袜子用的瓷蛋。

“噢！”兰薇得尔将十七号漂亮的鼻子微微往上一翘，说道，“我还以为是什么重要人物来访呢！”

“正是这样啊，”桃乐丝说，“我本人就很重要。而比莉娜在生蛋以后的叫声，绝对是你所听到的最令人自豪的声音。还有滴答人先生，他是——”

“不要再说了！不要再说了！”公主命令道，她那美丽的眼睛里射出愤怒的光芒，“你怎么敢用你那些无聊的闲话来打搅我？”

“你怎么这么说，这太令人讨厌了！”桃乐丝说，对于别人这种粗暴的态度，她感到很不能接受。

公主开始认真地打量她。

“告诉我，”她停了一会儿又说，“你有王室血统吗？”

“比那更高贵，小姐，”桃乐丝说，“我是从堪萨斯来的。”

“呸！”公主轻蔑地嚷嚷道，“你这个愚蠢的小孩，我不能容忍你对我的打扰，赶快走，你这个小蠢货，去别人那里找麻烦吧！”

桃乐丝气坏了，一时间找不出话来回击。但是，在她刚从椅子上站起来，要离开这屋子时，那位一直在注视着小女孩面庞的公主又让她站住了，她缓和了语气对她说：“你走近些。”

桃乐丝听从了，她走到公主跟前，一点儿也没有胆怯。而兰薇得尔公主，则仔细地打量着她的面庞。

“你很可爱。”过了一会儿，公主说，“但并不漂亮。不过，你具有的那一种秀丽，是与我那三十颗头里的任何一颗都不同的。所以我想，我要取下你的头，把二十六号头换给你。”

“啊呀，我认为你不该这么做！”桃乐丝叫道。

“拒绝对你没有好处，”公主接着说，“因为我要把你的头收集起来。在艾芙国，我的意志就是法律。我一直就不大喜欢二十六号，你会发现它并没怎么用过，一点儿都没坏。而且，从实用价值来说，它同你现在这颗头的作用没什么两样。”

“我根本就不了解你的二十六号，也不想了解。”桃乐丝坚定地说，“我不喜欢别人扔掉不要的东西，所以我只想要保留我自己的头。”

“你是要拒绝吗？”公主皱起眉，高声叫道。

“我当然拒绝。”桃乐丝回答。

“那么，”兰薇得尔说，“我要把你锁到高高的塔上去，直到你改变心意为止。南达，”她转身向女仆吩咐说，“把我的军队召来。”

南达摇了一下银铃，陆续走进来一个身穿鲜红色军服的上校和十个士兵。上校生得高大而肥胖，而士兵们则都瘦骨嶙峋的，一个个垂头丧气，表情十分抑郁地向公主行了个礼。

“把那个小女孩带走，关到北塔上！”公主指着桃乐丝嚷道。

“遵命，这就带走她。”穿着红军服的大个子上校回答道，然后抓住小女孩的胳膊。但是这时候，滴答人抡起晚餐桶，使劲地朝上校的脑袋上砸去，那大个子的军官砰的一声猛然跌坐到地上，看上去晕晕乎乎的，显得很吃惊。

“救命啊！”他尖叫起来，十个瘦士兵立刻跑过去帮助他们的长官。

在接下来的几分钟里，滴答人又打倒了七个士兵，他们伏在地毯上，向四面八方爬去，现场一片混乱。突然之间，滴答人停了下来，晚餐桶被举在空中，在准备往下砸时，他却一动不动地停止了。

“能让我行动的发条松了，”他对桃乐丝高声喊道，“赶紧帮我拧上发条。”

小女孩刚想照办，这时候大个子上校已经设法站了起来，他稳稳地抓住小女孩，使她无法挣脱。

“这太可惜了，”滴答人说，“本来我以为我至少还能动上六个小时的，但是我已经走了许多路，又同车轮人交战了一番，所以发条比平时走得快多了。”

“唉，这是没有办法的事情。”桃乐丝叹了口气说。

“你愿意同我交换头了吗？”公主严厉地问道。

“不，绝不！”桃乐丝喊叫道。

“那就把她关起来。”兰薇得尔向士兵们下达了命令，他们把桃乐丝带到了宫殿北部，并把她关进那里的一个高塔，牢牢地把她锁在里面。

后来，士兵们试图把滴答人抬走，但是他们发现这个机器人又结实又笨重，根本抬不动。所以只好让他站在客厅中央。

“人们会以为这是我的一个新铸像，”兰薇得尔说，“所以这完全没关系，南达会把他擦得很亮的。”

“怎么处置那只黄母鸡呢？”上校一发现比莉娜还待在针线筐里，就问道。

“把她关到鸡窝里去，”公主回答，“等到某一天，我会把她煎熟了当早餐吃。”

“她的肉看上去很老，殿下。”南达表示怀疑。

“这是卑鄙的造谣！”比莉娜叫喊起来，她在上校怀里拼命挣扎，“不过，据说我这样的品种，对所有的公主都是有毒的。”

“那么，”兰薇得尔说，“我就不煎她了，留着她生蛋。要是她完不成自己的职责，我就让人把她丢到马槽里淹死。”

第七章

奥兹国女王搭救了他们

南达给桃乐丝送来了面包和水当晚餐，这以后，女孩子就睡在一张硬邦邦的石头床上，上面只有一个枕头和一条丝床罩。

早上，小女孩从监狱的窗口中探出身去，看是不是能想办法逃走。与我们的现代化建筑相比，这房间并不算太高，不过，也要远远高于树木和农舍，这使她可以很清楚地观察到周围的地形。

她先向东望，看到了树林，树林后面是沙滩，再过去就是大海。海岸边隐约还能看见一个黑点，桃乐丝觉得，也许那就是带着她漂洋过海来到这个奇怪国度的鸡笼。

然后，她又向北眺望，看到两座石山之间有一道狭长的峡谷，而在峡谷延伸的远处，第三座石山堵住了去路。

她转而向西望，就在离宫殿不远的地方，肥沃的艾芙国国土突然终止了，小女孩能看到的就是广袤无垠的沙漠，一路延伸开去，直到她肉眼看不见为止。她高兴地记得，隔着这片沙漠，就是奥兹仙境了；但她又伤心地想到，人们告诉过她，除了她自己以外，还没有任何人曾经成功穿越过这片危险的沙漠。曾经有一次，龙卷风带着她穿过了这片沙漠，一双银鞋又将她送了回去。可是现在，既没有龙卷风，也没有银鞋，她得不到帮助，处境悲惨，成了一位令人讨厌的公主的俘虏，那位公主硬要和她换一个头，那也许是她不会习惯的、也压根儿就不适合她的头。

看来，她确实不能指望她在奥兹国的老朋友前来帮助她了。她忧心忡忡地从那狭小的窗户向外凝望，在整片沙漠中，见不到一样活的、移动的生物。

不过，等一等！沙漠上确实有什么东西在动弹——她一开始没有注意到。这东西有时看上去像一片云，有时像一个银色的斑点，有时又像一大片彩虹，正迅速地向她飘来。

这是什么东西呢？她猜不出。

然而，渐渐地，没过多久，那东西就靠得比较近了，桃乐丝已经可以看清楚它了。那是一长卷宽大的绿色地毯，正在沙漠上铺展，而随着地毯的展开，一支奇怪的队列踏在上面不断地行进着。小女孩看着看着，惊异地瞪大了眼睛。

走在最前面的是一辆华丽的黄金战车，拉车的是一头巨大的狮子和一头魁梧的老虎，他们并肩小跑着，样子就像训练有素的纯种马那样优美。在车上，站着一位美丽的姑娘，她身穿一件轻飘飘的银色罗裙，面庞秀美，头上戴着一顶饰有珠宝的王冠。她的一只手抓着操纵那大得惊人的野兽的缎带，另一只手则拿着一柄象牙权杖，在权杖顶端，分别有两个叉，镶在上面的，是由许多闪光的钻石排列成的“奥”“兹”两个字。

这位姑娘看上去并不比桃乐丝的年龄更大，身材也不比她高。塔中的俘虏立刻猜想到，这位可爱的驾车人一定是她前不久从滴答人那儿所听说过的奥芝玛女王。

桃乐丝还看见，紧跟在车后的就是她的老朋友稻草人，他正安稳地骑在一匹锯木马上，这匹木马行动自如，既能跑也能跳，就同有血有肉的马一样。

在稻草人身后紧跟着铁皮人，他那漏斗形的帽子漫不经心地歪戴在左耳上方，闪闪发光的斧子扛在右肩上。他的整个身体都光彩夺目，就像桃乐丝刚认识他时那样。

铁皮人是步行着的，他走在由二十七名士兵所组成的队伍前头。这些士兵有的瘦，有的胖，有的矮，有的高，而且每一个人都穿着款式和颜色各不相同的漂亮制服，没有哪两个人有一点儿相同。

绿色地毯在士兵身后又卷了起来，所以，长度总是刚好够这队人行走，这样就避免了让他们踏进这死气沉沉、毁灭一切生机的沙子中。桃乐丝马上就意识到，她看到的是一条魔毯。

一想到自己很快就能得救，并且还能见到心爱的奥兹国的朋友们——稻草人、铁皮人和胆小的狮子，她心中充满了希望和喜悦。

确实，从小女孩一认出行军部队里都有些什么人开始，她就笃定自己已经得救了。因为，她很了解她的老伙伴们的勇敢和忠诚，也相信，跟随他们一起的，从那奇妙的国家来的其他人，也会是令人喜欢并且可靠的朋友。

等队伍穿行过最后一段沙漠，所有的人员，从漂亮而秀美的奥芝玛女王到队列的最后一名士兵，在他们都踏上艾芙国那绿茵茵的草地以后，那条魔毯立即自动卷起，消失得无影无踪。

这时候，驾车人让她的狮子和老虎走上一条通往王宫的宽阔的车道，其他人跟在车后面。桃乐丝则仍在极其激动地从高塔上的窗口往下眺望着。

这支队伍行进到王宫的正门前停了下来，稻草人从锯木马背上下来，走到钉在门上的牌子前面，想看清楚上面写了些什么。

桃乐丝看到稻草人就在窗口下面，再也不能保持沉默。

“我在这里！”她高声大喊起来，“桃乐丝在这里！”

“哪个桃乐丝？”稻草人一边问，一边仰头往上瞧，差点儿失去平衡向后摔倒。

“当然是桃乐丝·盖尔，你的堪萨斯朋友。”她回答。

“哎呀！你好，桃乐丝！”稻草人说，“你在那么高的地方，是要做什么？”

“不做什么，”她朝下喊道，“因为无事可做。快救救我，我的朋友——救救我！”

“你看起来很安全啊。”稻草人回答。

“可是，我是个囚犯，是被关起来的，没有办法出去。”她说。

“那也不算什么，”稻草人说，“要知道，你甚至可能会处于更糟的境地，小桃乐丝。你想想看，在这里你既不会被淹死，也不会被车轮人碾死，更不会从

苹果树上摔下来。或许有人会情愿待在上面，还认为很幸运呢。”

“哎呀，我可不情愿，”小女孩说，“我想马上下去看看你和铁皮人，还有胆小的狮子。”

“那好，”稻草人点头说，“就照你说的做，我的小伙伴。是谁把你关起来的？”

“是兰薇得尔公主，一个令人讨厌的家伙。”小女孩回答。

一直在留意倾听他们对话的奥芝玛，这时候从她的车上走了下来，对着桃乐丝喊道：“公主是因为什么把你关起来的呀，亲爱的？”

“因为，”桃乐丝高声回答，“我拒绝让她把我的头拿走，换给我一个旧的、她不要的头。”

“这不怪你。”奥芝玛立刻回答说，“我这就去见公主，让她放了你。”

“噢，实在是太感谢你了！”桃乐丝喊道，她一听见这位奥兹女王悦耳动人的声音，就知道自己立刻会深深地爱上她。

于是，奥芝玛将车驱赶到侧厅的第三扇门前，铁皮人走上前去，毫无顾忌地抬手敲起门来。

女仆一把门打开，奥芝玛就手持象牙权杖踏进门

厅，径直走向客厅。除了狮子和老虎留在门外，其余的随从都跟在她身后。二十七名士兵发出的这些噪音和喧嚣声，吓得女仆南达尖声叫喊起来，赶紧跑去找女主人。

当兰薇得尔得知竟有人如此蛮横无理地闯入她的王宫时，她十分生气，因而不需要任何人的搀扶，就自己跑到了客厅中。

她到客厅以后，在奥兹来的瘦小而纤秀的小女孩面前站定，大声呵斥道："你怎么敢不经我允许就擅入我的王宫？马上离开这里，否则，我命人用绳索把你和你所有的随从都捆起来，扔进我黑沉沉的地牢里！"

"多危险的女士！"稻草人轻声嘀咕道。

"她看起来有点儿紧张。"铁皮人回答说。

可是，奥芝玛女王只是对着气呼呼的公主微笑。

"请坐下说，"她从容地说，"我走了很长的路才见到你，请你务必要听我说完我要说的话。"

"务必！"公主尖叫起来，黑色的眼睛中闪烁着怒火——她这会儿戴的还是十七号头，"你竟敢对我说务必！"

"有什么不可以吗，"奥芝玛说，"我统治着整个奥兹国，只要我愿意，我有足够的力量可以毁灭掉你的整个王国。不过，我来这里可不是为了引起争端，而是为了艾芙国的整个王族，我要把他们从矮子精国王的奴役下拯救出来。我听说过，矮子精国王把艾芙国王后和王子公主们都关押起来了。”

兰薇得尔听到这些话，突然平静了下来。

“我衷心地希望，你能够救出我的婶婶和她的十个王子和公主，”她急切地说，“如果他们能够恢复原形和地位，就可以自己治理艾芙王国了，这就免去了我许多的烦恼和麻烦。我现在每天至少要花上十分钟来处理国事，而我更想要做的，是把所有的时间都用来欣赏我

那些美丽的头。”

“那让我们马上开始商量这件事情，”奥芝玛说，“想办法解救出你的婶婶和堂兄妹们。不过，另一个囚犯应该先得到解放——被你关在塔中的那个小女孩。”

“这个当然，”兰薇得尔表示她乐意遵从，“我把她全给忘了，那是昨天的事了。要知道，人们不能指望一位公主今天还能记得昨天干的事情。跟我来，我马上就把那囚犯放了。”

于是，奥芝玛跟上她，一起走向通往塔里那间屋子的楼梯。

她俩离开以后，奥芝玛的随从们还留在客厅里，稻草人靠在一个他误以为是座铜铸像的东西上面。突然，一个嘶哑的金属声音从他的耳畔响起：“请你不要再碰我的脚了，你把我光亮的外表都蹭坏了。”

“啊，对不起！”稻草人回答说，急忙朝后退了退，“你是活的吗？”

“不是，”滴答人说，“我只是一部机器。但是，我能思想、说话和行动，只需要把我的发条拧紧就行。现在能使我行动的发条已经松了，不过，桃乐丝有发条钥匙。”

“那就好了，”稻草人回答，“桃乐丝很快就会被放出来，到时候她自然会来帮助你的。不过，没有生命一定是件很不幸的事，我为你感到难过。”

“为什么？”滴答人问。

“因为你没有脑子，而我有。”稻草人回答。

“哎呀，有的，我有脑子，”滴答人说，“我安装了铁皮匠和白铁匠改进过的联合钢脑，支配我思想的就是这个钢脑。你安装的是哪一种脑子？”

“我不知道，”稻草人坦承，“这是伟大的奥兹国魔法师给我的，在他替我装上去之前，我没有来得

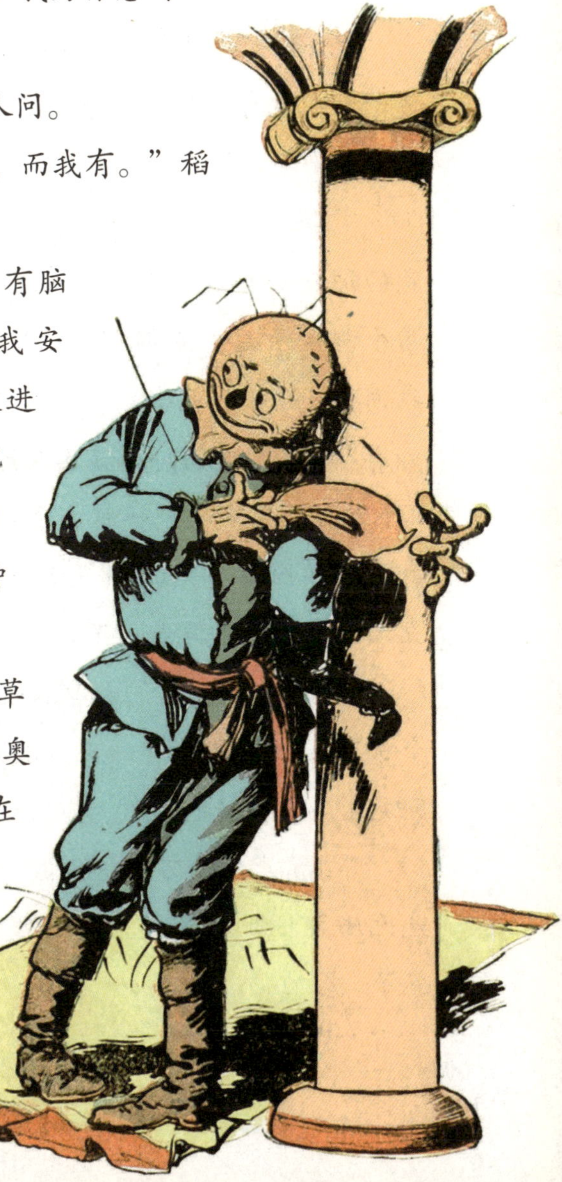

及细查一下。不过，这是个非常管用的脑子，对我的良心也很起作用。你有良心吗？”

“没有。”滴答人说。

“我猜，你甚至都没有心吧？”铁皮人加了一句，他一直在饶有兴趣地听着这番谈话。

“没有。”滴答人回答说。

“那么，”铁皮人接着说，“我很遗憾地说，你比我的朋友稻草人以及我本人都要差得远了。因为我们两个都是活的，他拥有一副不需要上发条的脑子，而我拥有一颗极好的心，它一直在我的胸腔中跳动着。”

“我祝贺你们。”滴答人说道，“我确实比不了你们，因为我只不过是一部机器，只有在上足了发条以后，我才能按照原有的机械设定来履行我的职责。你们简直无法想象，我浑身上下都是机关。”

“我推断得出，”稻草人说道，他好奇地打量起这个机器人，“也许有一天，我会把你拆开来，看看你究竟是怎么做成的。”

“我请求你千万别这么做。”滴答人说，“因为你是无法再把我组装起来的，这样一来，我的用途也就完了。”

“啊！怎么你是有用的吗？”稻草人惊讶地问。

“非常有用。”滴答人回答说。

“如果是这样，”稻草人友善地回应说，“那我一定不拿你的内脏开玩笑了。因为，我是个糟糕的机械师，恐怕会弄坏你。”

“谢谢你。”滴答人说。

正在这个时候，奥芝玛女王牵着桃乐丝走进了客厅，兰薇得尔公主紧跟在她们身后。

第八章

饥饿的老虎

桃乐丝出来后做的第一件事情就是投入稻草人的怀抱。稻草人把她紧紧地搂抱在塞满稻草的胸前，喜悦之情洋溢在他涂着颜料的脸上。接着，铁皮人也轻轻地拥抱了一下桃乐丝——因为他明白，要是抱得太紧，他那铁皮胳膊会伤到她。

在这样的互相问候之后，桃乐丝从口袋中取出能开动滴答人的钥匙，将他的行动发条重新拧紧了。这样，在她把他介绍给其他人的时候，他就能像样地鞠躬了。上发条时，小女孩告诉大家，滴答人对她是多么的有用。因此，稻草人和铁皮人再一次同滴答人握手，并为他保护了他们的朋友而表示感谢。

然后，桃乐丝问道："比莉娜在哪儿？"

“我不知道，”稻草人回答，“比莉娜是谁？”

“是一只黄母鸡，她是我的另一个朋友，”小女孩说道，她脸上流露出焦虑的神情，“我不知道她怎么样了？”

“她在后院的鸡棚里，”公主说，“我的客厅可不是鸡能待的地方。”

桃乐丝不等她说完，就朝后院跑去，要找到比莉娜。刚跨出门，她就看到了胆小的狮子，他还拴在车上，身旁是那只大老虎。在狮子的两耳之间系着一只蓝缎带扎成的大蝴蝶结。老虎的尾巴上也戴着一朵红缎带扎成的蝴蝶结，就系在毛茸茸的尾巴尖前端。

一时间桃乐丝高兴极了，她上前去拥抱了那头大狮子。

“我真高兴又见到你了！”她嚷道。

“我也很高兴再见到你，桃乐丝，”狮子说，“我们曾经在一起经历过那么多有趣的事情，不是吗？”

“是的，一点儿不错，”小女孩回答，“你还好吗？”

“还和以前一样胆小，”这只野兽柔声回答，“任何一件小事都会吓着我，让我心惊肉跳。还是让我介绍一下，这是我的一个新朋友，饥饿的老虎。”

“啊！你饿吗？”桃乐丝朝另一只野兽转过身去，

问道。老虎这时正张大了嘴在打哈欠，露出两排可怕的牙齿，以及一张足以吓坏任何人的大嘴。

“饿极了。”老虎回答道，然后响亮地闭上了他的上下颚。

“那你为什么不吃点儿东西呢？”小女孩问。

“因为不管用，”老虎抑郁地说，“我曾经试过，但总是吃完又饿了。”

“啊哟，我也一样，”桃乐丝说，“不过我还是经常吃。”

“但是你吃的都是些无足轻重的东西，所以无所谓。”老虎回答说，“至于我，却是一只凶残的野兽，

吃的都是各种可怜的小动物，从金花鼠到肉乎乎的婴儿。”

“那多可怕！”桃乐丝说。

“就是说呀，唉！”饥饿的老虎一边回答，一边用长长的红舌头舔了舔嘴唇。“肉乎乎的婴儿！听上去很好吃不是吗？可是我从来没有吃过，因为我的良心不允许我这么做。如果我没有良心，可能就会去吃婴儿了。但是吃完以后我又会感到饿，就是说，我白白牺牲了可怜的小孩，自己却一无所得。这当然不可以！我从生下来就饿，也会饿着死去，但是，我绝对不会为此而做任何一件残忍的事情，因为那样会使我感到良心不安。”

“我认为你是一只非常好的老虎。”桃乐丝说道，还拍了拍那野兽庞大的脑袋。

“这你可就说错了，”对方回答说，“也许我是一只好野兽，却是一只声名狼藉的坏老虎。因为只有残忍和凶恶才是老虎的天性，我不吃无辜的动物，这是任何一头好老虎都从未有过的行为。正因为这样，我才无法再在森林里待下去，只好同我的朋友胆小的狮子来做伴。”

“可是，狮子并不是真的胆小，”桃乐丝说，“我曾经看到过，他经常会有非常英勇的举动。”

“全是误会，亲爱的。”狮子抑郁地表示不同意，“在旁人眼中，我也许是勇敢的。但其实，每次一遇上危险我总是很害怕。”

“我也是这样。”桃乐丝诚实地说，“不过，我得先去解救比莉娜了，我一会儿再来看你们。”

她来到王宫的后院，很快就找到了地方。指引她的是鸡棚里传来的黄母鸡的叫声、公鸡的啼声和小鸡兴奋时发出的令人心烦的喧闹声。

那里面似乎出了什么乱子。桃乐丝从门板的缝隙间向里张望，看见一群黄母鸡和公鸡正挤在一个角落里，围观着外表像是一团羽绒球的东西——这团球正在鸡棚里上蹿下跳。桃乐丝一开始没看清那是什么东西，那些鸡的尖叫声简直要把她给震聋了。

但是，这团球突然停止了跳动，然后小女孩惊讶地发现，那是比莉娜蹲在一只趴在地上的花公鸡身上。两只鸡静止不动地相持了一会儿后，黄母鸡挥了挥翅膀，以一种骄傲的蔑视神气从公鸡身上下来，一边发出胜利的咯咯声，一边昂首朝门口走来。而那只花公鸡，则一瘸一拐地向其他鸡走去，那身乱七八糟的羽毛在尘土中拖着。

“噢唷，比莉娜！”桃乐丝用惊讶的口吻喊道，“你打架了吗？”

“我认为是的。”比莉娜回答，“你想啊，只要我还能抓能啄，就不可能会让那只可憎的花公鸡来做我的主。还说什么鸡棚要由他来管理，要真听了他的，我就不叫比尔了。”

“不是比尔，是比莉娜，而且你在说粗话，这实在太不成体统了。”桃乐丝指责她说，“过来吧，比莉娜，我放你出来。奥兹女王来了这里，她把我们都解放了。”

于是，黄母鸡就走到门边，等着桃乐丝打开门，她好出去。而其他的鸡这时都不敢靠拢，只是沉默地在角落里往这边看。

小女孩将她的朋友抱在怀中，高声叫道：“哎呀，比莉娜！瞧瞧你，看上去多丑呀，身上少了好多羽毛，一只眼睛简直快给啄出来了，鸡冠还在流血！”

“这不算什么，”比莉娜说，“你该瞧瞧那只花公鸡，我不是把它整得服服帖帖了吗？”

桃乐丝摇了摇头。

“我对这种做法一点儿也不赞同，”她一边说，一边抱着比莉娜朝王宫走去，“同那些普通鸡交往对你没什么好处。他们很快就会使你失去良好的风度，这

样你就再也得不到别人的尊敬了。”

“并不是我要同它们交往的，”比莉娜回答，“你应该去责备那个脾气暴躁的老公主。反正我是在美国长大的，只要我还能举得动爪子来自卫，这艾芙国里的任何一只鸡都别想超过我，也别想摆出一副神气活现的样子给我看。”

“好了，比莉娜，”桃乐丝说，“我们可别再谈这事了。”

她们很快就来到了胆小的狮子和饥饿的老虎跟前，小女孩给他们介绍了黄母鸡。

“只要是桃乐丝的朋友，我都很高兴认识。”狮子有礼貌地说，“从你现在的样子来看，你不是我这样的胆小鬼。”

“你现在的样子让我流口水，”老虎饥饿地看着比莉娜，“哎哟！要是我能把你放在嘴里嘎吱嘎吱地嚼一顿，那味道一定会鲜美得很。不过，你不用怕，你的分量只够把我的饥饿压下去一小阵儿，所以不值得一吃。”

“多谢你了。”黄母鸡说着往桃乐丝的怀里又靠了靠。

“再说，这么做也不对。”老虎继续往下说，但还是死盯着比莉娜看，咯咯地磨着牙。

“那当然了，”桃乐丝赶紧大声说，“比莉娜是我的朋友，不论在什么情况下，你都不应该吃她。”

“我会尽量记住这一点的。”老虎说，“不过，有时候我会有点儿心不在焉。”

然后，桃乐丝护着她的宝贝来到王宫的客厅当中。到那里时，滴答人正接受奥芝玛女王的邀请，坐在稻草人和铁皮人之间。在他们对面，坐着奥芝玛本人和兰薇得尔公主，她们身旁的那张空座位，则是留给桃乐丝的。

来自奥兹国的军队就排列在这群人周围。桃乐丝看了看这二十七个人的漂亮制服，说道：“咦，他们

好像全部是军官。”

“全是，只有一个人例外，”铁皮人回答说，“在这支队伍里，有八个将军、六个上校、七个少校和五个上尉，另外还有一名士兵可供他们差遣。不过，我正准备提拔这名士兵，我认为，在社会生活中是不应该有士兵的。而且，我发现相比起普通士兵，军官作战通常要更英勇，也更为可靠一些。再说，军官看上去很神气，能够为我们的军队多增添一点儿威风。”

“你绝对是正确的。”桃乐丝说了这样一句以后，就在奥芝玛身旁坐下了。

“现在，”奥兹国这位稚气未脱的统治者宣布，“我们要开一个严肃的会议，以决定到底应该用什么样的办法，来将美丽的艾芙国的王族从长期的监禁生活中解救出来。”

第九章

艾芙国的王族

由铁皮人第一个在会上发言。

“事情是这样的，”他说，“我们高贵而杰出的统治者奥兹女王听说，艾芙国前国王埃沃尔多的妻子和十个子女——五位王子和五位公主，被矮子精国王关到了地下宫殿里，遭受到他的奴役。而且，在整个艾芙国，也找不出一个拥有足够力量的人去解救他们。所以，我们的奥芝玛女王自愿承担起这份责任，愿意为解救这些可怜的囚犯而参与冒险行动。

“但是，长期以来，她一直没能找出办法来穿越横亘在两国之间的大沙漠。后来，她去找了我们国内的一位友好女巫——善良的格林达。女巫一听说这件事，立刻提供给奥芝玛一块魔毯，这魔毯能在我们脚下不断展开，这样就制造出一条能通过沙漠的舒适路径。我们仁慈的统治者一收到魔毯，就下令让我集合军队，我照办了。你们眼前这些英勇的军人，就是奥兹国最好的战士。如果我们必须要与矮子精国王作战的话，每一名军官和士兵都同样会英勇地战斗到死。”

随后，滴答人发言。

“为什么你们要去打矮子精国王？”他问，“他没做什么错事啊。”

“还没做错事！”桃乐丝高声说，“把一个王后和她的十个子女关起来，这还不算做错吗？”

“他们是被埃沃尔多国王卖给矮子精国王的，”滴答人反驳说，“做错事的是艾芙国国王，当他意识到自己做错了以后，就跳到海里淹死了。”

“这一点倒是我不曾知道的，”奥芝玛若有所思地说，“以前，我以为这事全怪矮子精国王。但是，不管怎么说，还是应该让他把禁锢着的人释放出来。”

“我叔父埃沃尔多是个十分凶恶的人，”兰薇得尔公主说，“即使是他在卖掉家人以前投水自尽，也不会有人为此感到烦恼的。只不过，他把家人卖给强大的矮子精国王，作为让自己得到永久生命的交换，结果后来他又跳了海，自己终结了自己的生命。”

“这么说起来，”奥芝玛说，“他并没有得到永久生命啊，所以，矮子精国王理应释放囚犯。他们被关在哪里？”

“没有人确切知道，”公主回答，“因为这位名叫拉奎特的矮子精国王，在艾芙国北部的大山下拥有一座华丽的地下宫殿，而王后和她的子女，都被变成了装饰品和小摆设，用来布置他的房间。”

“我想知道的是，”桃乐丝说，“这位矮子精国王是什么人？”

“我可以告诉你，”奥芝玛回答，“人们说他是地下王国的统治者，掌管着石山以及山中的一切。他统治着好几千的矮子精，每一个矮子精都是奇形怪状而且强有力的鬼怪。他们在国王的熔炉旁劳动，将黄金、银子和其他金属从中提炼出来，把它们藏进石缝中，因此地面上的人要花费很大力气才可能找到它们。他们还制造钻石、红宝石和翡翠，把它们藏在地底下。所以，矮子精王国是非常富有的，我们大家所拥有的宝石和金银，就都是从矮子精国王的贮藏室——地下和岩石中得来的。”

“我全弄明白了。”桃乐丝说着，聪明地点了点她的小脑袋。

“由于我们常常窃取他的宝藏，”奥芝玛接着说，“所以这位地下王国的统治者很不喜欢生活在地面上的人，也从来不出现在我们面前。如果我们想见到矮子精国王，就必须去他的国家拜访他，可他在那里的权力至高无上，要去的话是很危险的。”

“但是，为了那些可怜的囚犯，”桃乐丝说，“我们应该去。”

“我们当然要去，”稻草人接着说，“虽然对我来说，必须鼓足了勇气才敢靠近矮子精国王的熔炉。因为我整个身体都是用稻草填塞成的，一点儿小火星就能把我整个儿给毁掉。”

“熔炉也能把我的铁皮熔化掉，”铁皮人跟着说，“不过，我去是得去的。”

“我受不了高温，”兰薇得尔公主没精打采地打了个哈欠，说，“所以，我要留在家里。我希望你们能快一些采取行动，并获得成功。因为我实在讨厌管理这个无聊的国家，我更需要的是全部的空闲时间，好用来欣赏我那些美丽的头。”

“我们不需要你。”奥芝玛说，“要是我在我英勇臣民的帮助下也无法达成目的，那么即使你去了也毫无用处。”

“说得没错，”公主叹了口气，“所以请你们原谅，我现在要去密室了，这个头我已经戴了很久，我要去换一个。”

她离开了他们（你们大可以放心，没有人因为她的离去而感到一丝一毫的遗憾）。这时，奥芝玛对滴答人说：“你愿意加入我们的队伍吗？”

“我是桃乐丝姑娘的仆从，是她把我从监禁地解救出来的，”滴答人回答说，“所以她去哪里，我就去哪里。”

“啊，当然了，我要同我的朋友们一起去。”桃乐丝赶紧说，“无论如何，我可不愿意错过任何有趣的冒险。比莉娜，你要去吗？”

“当然了。”比莉娜无所谓地说。她正专心梳理着背上的羽毛，所以表现得并不在乎。

“高温对他来说正合适，”稻草人说，“如果能好好地把他烤一下，他一定比任何时候都更健康。”

“那么说好了，”奥芝玛说，“等明天一早，我们就出发去矮子精王国，现在大家休息吧。”

虽然兰薇得尔公主没有再在客人面前现身，但是王宫的仆人一直服侍着从奥兹来的客人们，并尽一切可能使他们感到舒适。二十七名英勇的军人也都得到了很好的招待，尽情地吃喝了一番。

胆小的狮子和饥饿的老虎从车上被解了下来，可以随意在宫中漫步。不过，他们几乎把所有仆人都吓晕了，尽管他们没有伤害到任何人。有一次，桃乐丝发现女仆南达正害怕地缩在角落里，那只饥饿的老虎就在她身前站着。

“你看上去真好吃，”那野兽说，“你能不能行行好，允许我把你吃了？”

“不，不，不！”女仆高声惊叫道。

“那么，”老虎吓人地打了个哈欠，说，“请你给我拿三十千克的腰部嫩肉来，要煮得半生不熟，旁边要放上一些煮好的土豆，还要有当甜食吃的五升冰淇淋。”

“我——我会尽力办到的！”南达说完，就飞快地跑走了。

“你真有那么饿吗？”桃乐丝诧异地问。

“你简直难以想象我的胃口有多大，”老虎悲伤地回答，“它似乎充满了我的整个身体，从喉咙口一直到尾巴尖。我完全相信，这样的胃口对我来说并不合适，对我的身体来说也太大了。要是有一天我能遇见一个拿着钳子的牙医，我就让他把它拔掉。”

“拔什么，你的牙吗？”桃乐丝问。

“不，拔我的胃口。”饥饿的老虎说。

这天下午，在大部分时间里，小女孩都在和稻草人和铁皮人聊天。他们把桃乐丝离开奥兹国以后发生的一切都告诉了她。小女孩对于奥芝玛的故事很感兴趣，奥芝玛在很小的时候被一个邪恶的老女巫拐走，还被变成了男孩。直到好心的女巫将她恢复原形，她才知道自己最初其实是个女孩。那时人们发现，她就是奥兹国前任统治者唯一的孩子，是拥有合法的王位继承权的。然而，在奥芝玛登上她父亲的王位以前，她历尽了艰辛。当时，陪在她身边的是一个南瓜人、一个放大了许多倍而且受过完整教育的环状甲虫，以及一匹用魔术粉变活的令人惊奇的锯木马。稻草人和铁皮人也帮过她的忙，但是，胆小的狮子作为百兽之王，当时正统治着大森林，就一点儿也不知道奥芝玛的事，直到奥芝玛成为奥兹国当政的女王时，胆小的狮子才了解到这些。于是，他就到翡翠城去觐见她。听说她

要到艾芙国去解救该国的王室，胆小的狮子主动要求与她同行，而且带上了自己的朋友——饥饿的老虎。

听完这个故事以后，桃乐丝把自己的冒险经历也告诉了他们，然后又同朋友们一起去看了锯木马，奥芝玛命人在锯木马的蹄子上钉了金板，以免锯木马把脚磨坏了。

他们找到锯木马时，他正一动不动地站在花园的大门旁边。但是，当别人向他介绍桃乐丝时，他很有礼貌地点了点头，又眨了眨眼，摇了摇尾巴。他的眼睛是木头上的节疤，而尾巴嘛，不过是一根树枝。

“活着多有意思！”桃乐丝大声说。

“你的看法我完全赞同。”锯木马回答，他的嗓音比较毛糙，但算不上令人讨厌，“大家都知道，像我这样的东西原本是不可能活过来的，但是，魔术粉把我变活了，那就不能怪我了。”

“当然不能怪你。”桃乐丝说，“而且你好像也是有点用处的，因为我看到过你驮着稻草人。”

“啊，是的，我是有用的。”锯木马回答道，“而且，我从来不会感到疲惫，从来不需要别人喂食，也不需要任何照料。”

“你聪明吗？”小女孩问。

“不大聪明，”锯木马回答说，“把智力浪费在一只普通的锯木马身上显然是愚蠢的，许多教授才需要智力。不过，我懂得服从主人的命令，叫我快跑或停住时我都能照办，所以，我也觉得很满意。”

那天晚上，桃乐丝睡在一间舒适的小卧室中，就在奥兹女王的隔壁。床脚栖息着比莉娜，她把头塞在翅膀下，这样能睡得很香甜，就和桃乐丝躺在软软的床垫上一个样。

天不亮，大家就都醒了，并纷纷起了床。这些冒险家很快就聚在了王宫的大餐厅中，匆匆地吃起早餐。奥芝玛坐在长桌上首，一块升高的平台上，右边坐着桃乐丝，左边坐着稻草人。当然，稻草人并不需要吃东西。但是，奥芝玛要求他坐在自己身边，这样就能在吃饭的时候征求他对于旅途的建议。

长桌下首，坐着奥兹的二十七位军人。在屋子的另一端，狮子和老虎正吃着放在地上的一口锅里的东西。而比莉娜呢，则在四周走来走去，四处啄食着任何掉落下来的碎屑。

不一会儿，饭就吃完了。大家给狮子和老虎套上车，准备朝矮子精国王的王宫进发。

依然是由奥芝玛乘坐的黄金大车走在最前面，而她身旁是紧搂着比莉娜的桃乐丝。随后跟着的是稻草人，他还是骑在锯木马背上。在他身后，铁皮人和滴答人肩并肩地大踏步行进着。再后面跟着的是一队军人，他们身穿漂亮的制服，显得威武而又雄壮。将军们将命令传达给上校，上校们将命令传达给少校，少校们同样命令上尉，上尉们又命令士兵。最后面的士兵带着自豪而傲慢的神色行进着，因为下给他的命令，是经由这么多军官传达下来的。

就这样，天刚一亮，这一大队勇士就离开王宫，踏上了征途。等到太阳出来时，他们已经深入到通往矮子精国王领地的山谷里。

第十章

手持铁锤的巨人

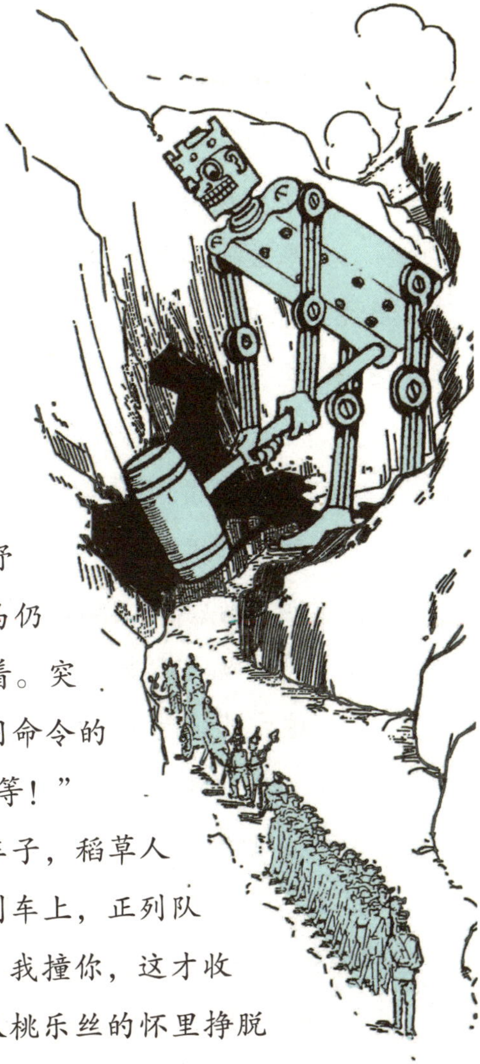

他们一路走着，先是穿过一片美丽的田园，然后进入一片风景秀丽、十分适合游人野餐的小树林。但大队人马仍然毫不停留地往前行进着。突然，比莉娜出其不意地用命令的口吻喊道：“等等——等等！”

奥芝玛猛然停下了车子，稻草人差点让所骑的锯木马撞到车上，正列队行进的军人们也你撞我、我撞你，这才收住了脚。黄母鸡立马就从桃乐丝的怀里挣脱出来，飞到路边的树丛中。

“发生什么事了？”铁皮人焦虑地喊道。

“比莉娜要去生蛋了，就是这么回事儿。”

桃乐丝回答说。

“去生蛋！”铁皮人惊讶地重复了一下。

“是的。她每天早晨都要生一个，差不多就在这个时间。蛋很新鲜。”小女孩说。

“难道你那愚蠢的老黄母鸡以为，我们这样一支正要去采取重大行动的队伍，为了让她生蛋，就得停在这儿等吗？”铁皮人严肃地问道。

“那我们又能怎么办呢？”小女孩问，“这已经成了比莉娜的习惯，是无法改变的啊！”

“那她必须快一点儿。”铁皮人不耐烦地说。

“别，别！”稻草人大声喊道，“要是太快的话，她生下来的就是炒蛋了。”

“这才是胡说八道呢。”桃乐丝说，“不过，我可以肯定，比莉娜不会耽搁太久的。”

所以他们只好站在那儿等，尽管大家都很急着想要往前走。过了一阵子，黄母鸡总算从树丛中出来了，她喊道：“咕咕，咕，咯咕咕！咕，咕，咕咯咕咕！”

“她这是在做什么——为她生了蛋而歌唱吗？”稻草人问。

“开——步——走！”铁皮人挥动着斧头，大叫道。桃乐丝刚刚把比莉娜再次搂入怀中，大队人马就出发了。

“难道你们没人去取我的蛋吗？”黄母鸡十分激动地嚷嚷起来。

“我去取。”稻草人回答说。他下了一道命令，锯木马就纵身跳到树丛中去了。稻草人很迅速地找到鸡蛋，把它放进外衣口袋里。但是，大队人马走得很快，这时已经离得很远了。好在锯木马不一会儿就追了上去，带着稻草人来到奥芝玛的车后，回到他惯常的位置上。

“我怎么安置这个鸡蛋呢？”他问桃乐丝。

“我不知道，”小女孩回答，“也许饥饿的老虎愿意吃了它。”

“这还不够我塞牙缝的呢。”老虎说，“七十个煮得很老的鸡蛋，也许能稍微缓解我一丁点儿的饿劲；但是一只鸡蛋，根本管不了什么用，这我是知道的。”

“确实，它甚至都做不成一块松糕。”稻草人若有所思地说，“铁皮人也许能用斧头举着它孵小鸡。不过算了，我还是自己留下，做个纪念吧。”说着，他重新把鸡蛋放进口袋里。

这时，他们已经走到两座高山之间的那个山谷了，就是当初桃乐丝从高塔的窗口中看见过的。在远处，第三座大山阻断了山谷，正是艾芙国的北部边境。据说矮子精国王的宫殿就在这座山底下，但要到达那里，还得走一段时间。

道路逐渐变得崎岖不平，车轮在地上滚动得十分艰难。不一会儿，在他们面前出现了一条宽阔的深渊。眼见难以逾越，奥芝玛就从口袋里掏出一小块绿色的方巾，把它扔在地上。顷刻间，方巾就变成了魔毯，并且伸展得很长，足够整队人马走在上面。随后，车子继续向前走去，那绿色的魔毯在车前不断地铺展开，横遮在深渊上方，将两岸连成一个平面。所以，大家

都安全地通过了。

“这次倒是很容易就过来了，”稻草人说，“只是我不知道，下一步会出现什么情况。”

但马上他就知道了，因为两边的山峦靠得越来越近，最后只在中间留下一条很窄的小路，奥芝玛和她的随从只能一个一个地往前行进。

这时，他们听到一种低沉的咚咚咚的声音，回声响彻山谷，他们越往前走，这声音似乎就越大。等到他们绕过一块岩石以后，就看到前面站着一个非常巨大的人影，正耸立在小路当中，足有一百尺那么高。

那是一个用铸铁皮制成的巨人，它将两脚分开站立在小路的两边，一只巨大的铁锤被挥舞到右肩上方。它就是用这把铁锤在不断地敲击着地面，之前人们听到的咚咚声，正是由于这些强烈的敲击而发出来的。这个铁锤比一只桶还要大得多，而当它敲打到山峰石壁间的小路上时，就把我们这些赶路人的必经之路全给堵死了。

当然，在离那可怕的铁锤还有相当长的距离时，他们就停住了脚步。在这种情况下，魔毯是帮不上他们什么忙的。因为，它只能用来帮助他们排除脚下的危险，而对于出现在他们头顶的危险，它就无能为力了。

“噢唷！”胆小的狮子用颤抖的声音说，“看到那个大铁锤就这么敲下来，就在离我脑袋这么近的地方，这真使我紧张极了。只消一下子就能将我砸瘪，变成门前的擦鞋垫。”

“这铁人是个不错的机器，”滴答人说，“它干活时就像钟摆一样稳定。制造我的铁皮匠和白铁匠为矮子精国王制造了它，为的就是让它阻止人们发现地下宫殿，这不是一件伟大的艺术品吗？”

“它同你一样能思想、会说话的吗？”奥芝玛用惊奇的目光打量着这个巨人，问道。

“不是的，”滴答人回答说，“它的用途只是砸路，并没有安装思维和说话的附件。不过，我觉得它砸得非常好。”

“是啊，好极了，”稻草人说，“都让我们无法再往前走了。难道就没有什么办法停下它吗？”

“只有矮子精国王才能做到，他有钥匙。”滴答人回答说。

“那么，”桃乐丝焦虑地说，“我们要怎么办呢？”

“请给我几分钟时间，”稻草人说，“让我来想想办法。”

说完，他就退到后面，把他那张画出来的脸庞朝向石壁，开始冥思苦想。

这时，巨人又把铁锤高高地举在空中，剧烈地敲击起路面来，回声犹如轰鸣的炮声一般，响彻群山。不过，每当锤子举起来时，在那庞然大物的脚下，小路总有一会儿是畅通的。稻草人注意到了这一点，所以他回到大家跟前说：“事情毕竟还是简单的，只要我们在锤子举起来时从下面跑过去，在它落下以前跑到对面就行了。不过要分开来，一个一个地跑。”

“我们要想躲开那铁锤子，必须跑得很快才行，”铁皮人边摇头边说，“但是，看来这是唯一可行的办法了。谁愿意第一个尝试？”

大家你看看我，我看看你，全都犹豫不决。然后，胆小的狮子浑身簌簌发抖，抖得就像风中的树叶一样，他对大家说：“我认为，队伍里最先过去的应该是——那就是我。尽管我非常害怕那只大铁锤！”

“那我怎么办呢？”奥芝玛问，“你自己可以从铁锤底下冲过去，可车子是一定会给砸扁的。”

“我们只能把车留下，”稻草人说，“不过，你们两个女孩子可以由狮子和老虎驮在背上。”

事情就这么定了，狮子从车子上解了下来，奥芝玛跳到他背上，并说她已经准备好了。

“抓紧他的鬃毛，”桃乐丝劝告她说，“我以前也常骑他，我就是这么抓着他的。”

于是奥芝玛紧紧抓住狮子的鬃毛。然后狮子在路上蹲下来，死盯住那上下挥舞的铁锤，等待铁锤开始朝上举起的时机。

很快，在别人还没有想到他已经准备好了的时候，他就突然朝巨人的两腿中间照直蹿了过去，然后不等锤子再次落到地面，狮子已经驮着奥芝玛安全地跑到对面去了。

第二个去的是老虎。桃乐丝骑在他背上，双臂搂紧有斑纹的脖子，因为他没有鬃毛可抓。他像离弦的利箭一般准确地往前一蹿，在桃乐丝还没有清楚地意识到发生了什么时，她已经脱离危险，站在奥芝玛身边了。

现在，轮到骑着锯木马的稻草人了，他们差一丁点儿就被落下的铁锤砸到，好在还是安全地冲过去了。

滴答人一直走到锤子砸落地点的边缘处，等到锤子举起准备再往下砸时，他泰然地朝前走了几步，就避开了落下的锤击。这种办法铁皮人认为很值得仿效，所以，他也在大锤子举在空中的时候安全地走了过去。但是，等轮到二十六名军官和一名士兵时，他们的腿都软了，一步也迈不动。

“我们在战斗中都异常勇敢，”一位将军说，“敌人都觉得我们很难对付。但战争是一回事，眼下的情况又是另一回事。遇到要被铁锤砸到头上、给砸成薄饼的事，我们当然不干了。”

“快跑。”稻草人催促道。

“我们的腿在簌簌发抖，没法跑，”一位上尉回答，“如果要我们去尝试的话，一定会全被砸成肉泥的。”

“行了，行了，”胆小的狮子叹着气说道，“我看，老虎朋友，只好由我们多冒几次险，来援救这支勇敢

的军队。跟我来，我们要尽力而为。”

这时候，奥芝玛和桃乐丝已经从他们的背上下来了。于是，狮子和老虎又从那可怕的铁锤下跳了回去，带过来两位紧搂着他们脖子的将军。随后他们这样英勇地又来回跑了十二次，在巨人的铁锤下把所有的军官都安全地驮了过来。这时，两只野兽感到疲惫极了，舌头都从他们张大的嘴中长长地伸了出来，大口大口地喘着气。

“剩下的那名士兵怎么办呢？”奥芝玛问。

“唉，就让他留在那儿看守着车子吧。”狮子说，“我可是累坏了，再也不想从那铁锤底下跳过去了。”

军官们马上表示抗议，他们说，必须带上那个士兵，否则他们就无人可指挥了。但是，狮子和老虎都不同意再去接他。最后，只好由稻草人把锯木马派去。

不知道是锯木马不小心，还是他没有算准锤子落地的时间，那强大的武器正好砸在他的头上，把他重重地砸到地上，马背上的士兵一下子就被高高地抛飞到空中，挂到了巨人的一只铸铁胳膊上。士兵不顾一切地抓住那只胳膊，随着那只胳膊快速地上下敲打，被不断地在空中挥舞着。

稻草人赶紧冲过去，要营救他的锯木马，在左脚

被锤子砸了一下以后，总算拉着锯木马脱离了险境。这时，他们发现锯木马给打蒙了。因为，尽管他的脑袋是用硬木节做成的，锤子砸不坏，但是他的耳朵却给砸飞了，如果不能重新给他装两只新耳朵的话，他是什么也听不见的。而且，他的左腿也被砸出了裂缝，必须用绳子包扎起来。

由于比莉娜早已自己从锤子底下飞了过来，现在需要面对的问题，就是如何将士兵从高空中铁人的胳膊上解救下来。

稻草人平躺到了地上，叫士兵向下跳到他身上。因为他里面塞满了稻草，所以身体是很柔软的。士兵

等到离地面最近的时候，才往稻草人身上跳了下去。这样高难度的动作他完成得很好，没有摔断任何一根骨头，稻草人也表示自己一点儿也没受伤。

这时，铁皮人也已经为锯木马安装上了新的耳朵。于是，这一队人马再一次踏上了征途，任由留在身后的巨人继续砸着路。

第十一章

矮子精国王

当他们走近那座挡住他们去路的高山到达艾芙国最远的边境时，天色越来越昏暗了，因为两旁的山峰把阳光都给遮挡住了。这一带安静极了，听不到鸟儿的歌唱，也没有松鼠的吱吱叫声。树林已远远地落在他们身后，剩下的只是一些光秃秃的岩石。

四周寂静得令奥芝玛和桃乐丝感到害怕，其他人也安静下来，个个表情严肃，只有锯木马除外。他正一边驮着稻草人小跑，一边哼着一首怪异的小调，其中有这样的句子：

木马会到森林里去吗？
哎呀呀！我叹息，他会的；
他要不是用木头做的脑袋，
他就不会去森林，而会去山顶。

但是没有人理会这小调，因为他们即将进入矮子精国王的领地，这里距离他那光辉灿烂的地下宫殿已经不太远了。

突然，一阵嘲讽的讪笑声传来，大家听到以后都停住了脚步。不过，他们本来也要马上停下来的，因为他们的去路被那座大山挡住了，这条小路延伸到一堵石壁跟前就到了尽头。

“是谁在笑？”奥芝玛问。

没有回答，但是在阴暗中，人们可以看见石壁上来回晃动着一些奇怪的身影。那身影不知道是些什么东西，但是看上去很像石头，他们和石头是同样的颜色，也同样是粗糙且凹凸不平，就像是直接从石山上敲下来的。那些身影面朝我们的朋友，身子紧贴着陡峭的悬崖，毫无规律可循地上下左右滑动着，看得人眼花

缭乱。他们似乎不需要什么立脚的地方就能紧贴在石头表面，就像是苍蝇叮在窗玻璃上那样，而且从来没有停顿超过一分钟。

“不用理会他们，”滴答人在桃乐丝后退时说，“他们只不过是些矮子精。”

“矮子精是些什么呢？”小女孩有些害怕地问。

“他们是石头精灵，是专为矮子精国王效劳的，”机器人回答，“但是他们不会伤害我们的。你必须把国王叫出来，因为没有他，你永远也没法找着这座王宫的门。”

“你叫吧。”桃乐丝对奥芝玛说。

正在这个时候，那些矮子精又大笑起来，笑声十分怪诞吓人，使得那二十六名军官立即向那名士兵下达了“向后转”的指令，大家一起撒腿就跑。

铁皮人马上追了上去，高声喝道：“停下！”

等他们停下来以后，铁皮人就问：“你们上哪儿去？”

“我——我发现我把刷胡须的刷子给忘了，”将军说道，他恐惧得全身颤抖，“所……所……所以我们回去取刷子！”

“这是不可能的，”铁皮人回答说，“因为你们要回去就得经过那个拿着铁锤的巨人身边，它会把你们全砸死的。”

“啊呀！我把那巨人给忘了。”将军说道，脸色刷地变白了。

“你忘记的事情可真有点儿多，”铁皮人说道，“我希望你还没有忘记，你们是勇敢的军人。”

“绝不忘！”将军高声回答说，拍了拍穿着镶金军服的胸脯。

“绝不忘！”所有的军官齐声高喊，激昂地拍着胸脯。

“至于我嘛，”那名士兵驯顺地说，“我必须服从我的长官，命令我跑，我就跑，命令我打，我就打。”

“这就对了，”铁皮人表示同意，“现在你们必须全体回到奥芝玛跟前去，听从她的指挥。要是你们再想着逃跑，我就要让她把二十六名军官都降职为士兵，而把那名士兵提升为你们的将军。”

这一可怕的威胁把他们全吓坏了，所以，他们立马就回到了奥芝玛那里。她这时正站在胆小的狮子旁边。

随后，奥芝玛高声喊道：“我命令矮子精国王出来见我们！”

没有人回答，只传来在山上晃动的矮子精们的嘲讽讥笑声。

“你这样要求矮子精国王是不行的，”滴答人说，“因为他不是你统治下的子民，不应该那样对待他。”

于是，奥芝玛只好再叫一次，她说：“我请矮子精国王出来见我们。”

回答她的依然只有讥笑，还有隐隐约约能看见的，那些在嶙峋的悬崖上来回晃动的矮子精的身影。

“你求他看看，”滴答人对奥芝玛说，“既然你请他，他不出来，那你就求他，也许他就听了。”

奥芝玛带着傲慢的神气，看了一眼四周的人。

“难道要你们的君主去乞求那个邪恶的矮子精国王吗？”她问道，“难道奥芝玛女王要对一个住在地下王国中的人去卑躬屈膝地乞求吗？”

“不！”大家齐声高喊道。

稻草人又补充说：“要是他不来，我们就像挖一只狐狸那样把他从洞里挖出来，好好地治一治他那顽固的脾气。反正我们可爱的小君主必须随时保持她的尊严，就如同我一样。”

“我并不害怕要乞求他，”桃乐丝说，“我只不过是个堪萨斯来的小女孩，我在家十分注重礼貌，所以我知道应该怎么去应付，让我来叫矮子精国王吧。”

“去做吧，”饥饿的老虎说，“假如他把你杀了，我很愿意把你当成明天的晚餐给吃掉。”

于是，桃乐丝向前走了一步，大声说：“矮子精国王先生，恳请您出来见见我们。”

那些矮子精又哈哈大笑。但是，一阵低沉的咆哮声从山里面传了出来，这些精灵一下子就无声无息地消失了。

随后，岩石中有一扇门打开了，一个声音喊道：“进来！”

“这里面会不会有什么圈套？”铁皮人问。

“没关系的，”奥芝玛回答，“反正我们是来这里救人的，想要搭救出可怜的艾芙国王后和她的十个子女，我们总是要冒些风险的。”

“矮子精国王是个老实人，脾气很好，”滴答人说，“你们可以相信，他做事其实很公平的。”

于是，奥芝玛和桃乐丝手挽着手，率先走进拱形石门，来到一条长长的甬道之中。墙上嵌着珠宝，珠宝后面装着灯，将甬道照得十分明亮。没有人来陪同他们，或是为他们指引道路。所有的人都匆匆地穿过甬道，来到一个富丽堂皇、有着高高的穹顶的圆形山洞里。

在山洞中央，有一只外形粗糙的宝座，却是用整块圆石雕砌而成的，在凹凸不平的表面上，镶满了闪闪发光的巨大的红宝石、金刚钻和翡翠。矮子精国王正坐在这个宝座上。

这位著名的地下王国的君主个子不高，人很胖，穿的衣服是灰褐色的，同他所坐的石雕宝座的色彩一模一样。包括他那浓密的头发和长长的胡须，也都与石头的颜色一样，就连脸色也差不多。他没有戴王冠，唯一的装饰品是一条镶满了珠宝的宽皮带，正束在他那肥胖而矮小的身躯上。至于他的相貌嘛，看上去是慈祥而友善的。

当奥芝玛和桃乐丝站到他面前，紧紧跟随的一大帮侍从就排列在她们身后，矮子精国王的眼睛快乐地望着他的这些客人。

“咦，他看起来真像圣诞老人——就只是颜色不一样！”桃乐丝在她的朋友耳边低语道，但是这话被矮子精国王听到了，他笑了起来。

“他长着一张红脸庞和一个小圆肚。一笑起来，那小圆肚来回晃动着，就跟装满了果冻的碗似的。”女王用愉快的口吻说。大家也都看到，他笑起来时确实像果冻一样地摇晃。

看到矮子精国王这么快活，奥芝玛和桃乐丝都放下心来。过了一会儿，他一挥右手，两个女孩子就发现，身旁出现了一张铺好了坐垫的凳子。

“请坐，姑娘们。”国王说，“告诉我，你们走了这么老远的路来看我，是为了什么呢？我能够做些什么事情才能使你们高兴？”

等她们入座后，矮子精国王拿起一个烟斗，从口袋里掏出一块烧得红彤彤的煤块放进去，烟斗里开始喷出一个个烟圈，缭绕到他的头顶上。桃乐丝觉得，这样一来，那位矮小的君主就更像圣诞老人了。这时，奥芝玛开口说话了，大家都安静地听着。

“陛下，”她说，“我是奥兹国的君主，我到这里来，是要求你释放艾芙国的王后和她的十个子女的，你用魔法使他们迷失了自己，还把他们当成俘虏给关了起来。”

“不，有一点你弄错了，”国王回答，“他们不能说是我的俘虏，而得说是我的奴隶，他们是艾芙国的国王卖给我的。”

“可这样做是不正确的。”奥芝玛说。

“根据艾芙国的法律，国王的一切行为都是正确的，”矮子精国王望着刚从嘴里面吹出的一个烟圈，回答说，“他是完全有权力把全家都卖给我，来换取他自己的永久生命的。”

“可是你蒙骗了他。”桃乐丝正色道，“因为艾芙国的国王并没有得到永久的生命，他跳到海里淹死了。”

“那不能怪我，”矮子精国王交叉起两腿，得意地微笑着说，“我给了他永久生命，一点儿不错，可是，他自己把它毁掉了。”

“那样又怎么能算是得到了永久生命呢？”桃乐丝问。

“简单点来讲，”他回答道，“比方说，小女孩，我给你一个漂亮的洋娃娃，和你换一绺头发。但是，你拿到洋娃娃以后把它撕破了，毁坏了，你能说我骗了你，没有给过你一个漂亮的洋娃娃吗？”

“不能。”桃乐丝回答说。

“公道点来说，你自己毁坏的洋娃娃，能来要求我还给你那绺头发吗？”

“不能。”桃乐丝又回答说。

“当然不能，”矮子精国王说道，“我也不能因为艾芙国国王跳到海里去，自己毁掉了他的生命，就放掉他的王后和子女，他们是属于我的，我当然可以留着他们。”

“可是你对待他们太残忍了。”奥芝玛说。看到国

王拒绝了她们的要求，她感到很沮丧。

“我怎么对他们了？”他问。

“你把他们当成了你的奴隶。”女王回答。

“残忍？”君主说着，喷出一圈又一圈的烟雾，看着它们在空中飘浮，“我从来没有残忍过。奴隶是必须要努力劳动的，而艾芙国的王后和她的子女们体质娇弱，我只是把他们全部变成了装饰品和小摆设，分别放置在我宫殿的各个房间中。他们不需要去参加劳动，只需要装饰我的房间，我认为我对他们已经够仁慈的了。”

“可是这样的命运对他们来说是多么可怕啊！”奥芝玛真诚地大声说道，“而且，艾芙王国没有它的王族来进行治理也是不行的。假如你能释放他们，让他们恢复原形，我愿意用十件装饰品交换你将会损失的每一件小玩意儿。”

矮子精国王摆出一本正经的样子。

“要是我拒绝呢？”他问。

“那么，”奥芝玛坚定地说，“我将同我的朋友和军队一起，在这里征服你的王国，强迫你服从我的意愿。”

矮子精国王剧烈地大笑起来，一直笑到噎住，接着又咳嗽起来，咳着咳着，他的脸由灰褐色变成了血红色。然后，他拿出一块石头颜色的手帕，擦了擦眼睛，又重新摆出一本正经的样子。

“你的勇敢，就如同你的漂亮一样多，小女孩。”他对奥芝玛说，“但是，你一点儿都不知道你要做的是一件多么困难的事。跟我来，我带你走一走。”

他站起身，握住奥芝玛的手，带着她走向旁边的一扇小门。门打开之后，他们两人就到了一个阳台上，从那里，可以看得见整个地下王国的奇妙景象。

在山底下，有一个不知道延伸到多少公里以外的巨大山洞。在山洞里，到处都是炉火正旺的熔炉和锻炉，矮子精们正在一旁或是锤打着贵重金属，或是磨制着光芒闪烁的珠宝。在山洞坚硬的岩石壁上，到处都镶嵌着金门和银门，足有几千扇之多，这些门一直排到很远很远，直到奥芝玛看不见的地方。

正当这位从奥兹国来的少女惊讶地望着这一幕时，矮子精国王吹了一声刺耳的口哨，一时间所有的金门和银门都打开了，从每扇门后面都走出一队整齐的矮子精士兵。人太多了，很快就塞满了这个宽大无比的山洞，以至于那些忙碌的工人都不得不停下了工作。

尽管这些人数众多的军队，全部是由像石头一样

颜色的矮子精组成的，一个个又矮又胖，但都穿着光芒闪闪、擦得铿明瓦亮的钢铁盔甲，盔甲上还镶嵌着美丽的珠宝。每个人额头上都有一盏耀眼的灯，手中则分别拿着一柄尖利的长矛、剑或是赤铜战斧。他们明显是经过训练的，因为队伍排得很整齐，一列一列的，武器都举得又挺又直，似乎只等一声令下，就要朝敌人刺去。

矮子精国王说："这只不过是我军队中的一小部分，以前从来没有任何一个地上的统治者敢向我挑战，以后也不会有，因为我太强大了，没有人敢反抗我。"

他又吹了一声口哨，那排列成战斗队列的军队往回撤去，从金门和银门中鱼贯而入，最后消失不见了。工人们紧接着又恢复了在熔炉旁的工作。

之后，奥兹女王垂头丧气地回到她的朋友们身边，矮子精国王则平静地回到他的石雕宝座上。

"我们要同他们作战，是愚蠢的。"女孩对铁皮人说，"因为，我们那二十七名勇士很快就会被打垮。我真不知道，在这种紧急情况下，应该采取怎样的行动。"

"问一下那国王，他的厨房在哪里，"老虎提醒说，"我饿得像熊一样了。"

“我可以扑向国王，把他撕成碎片。”胆小的狮子说。

“你可以试试。”那君主说着从口袋里又拿出一块烧红的煤，将他的烟斗点燃了。

狮子低低地蹲伏下来，想扑向矮子精国王。但是，他只朝空中跳出一点，就又落在了原地，根本无法靠近宝座一寸。

“我认为，”稻草人忧心忡忡地说，“我们最好的计策，是能哄劝陛下自己释放他的奴隶，因为他是个非常有能耐的魔法师，我们是无法抗衡他的。”

“这建议无疑是最明智的，”矮子精国王说，“如果想要威胁我，实在是件蠢事。不过，我的心肠很软，经不住好言劝说。假如你们来这里是真想要办成什么事的话，亲爱的奥芝玛，你应该说一些好话来哄哄我。”

“那好，”奥芝玛回答说，她看起来要高兴一些了，“让我们交个朋友吧，好好商谈一下这件事。”

“当然可以。”国王同意了，他眼睛中闪烁着快乐的光芒。

“我真的很想，”女孩接着说，“搭救出目前在陛下的王宫中充当装饰品和小摆设的艾芙国王后和她的子女们，好让他们回去统治他们的子民。请告诉我，这事要怎样才能办到？”

国王仔细考虑了一会儿，然后问道：“为了搭救艾芙国的人，你愿意做一些冒险的尝试吗？”

“愿意，真的！”奥芝玛急切地回答说。

“那么，”矮子精国王说，“我可以给你这样一个建议：在没有人陪同的情况下，你单独去一趟我的宫殿，仔细考察一下每间屋子里的所有东西。然后，可以允许你触碰十一件不同的东西，同时说一声‘艾芙’两个字，只要其中有任何一件或是一件以上的东西，是艾芙国王后或她的某个子女变成的，那么他们立即就会恢复原貌，并且可以同你一起离开我的宫殿和我的国土，对此我不会有任何异议。用这种方式，你就有可能将这十一人全部救出来，就算你不能全猜对，还留下几个奴隶在那里，那么你的朋友和随从也可以挨个儿进入我的宫殿，享有我给你的同样的特权。”

“啊，很感谢你，感谢你的这个好建议！”奥芝玛热切地说。

“我只有一个条件。”矮子精国王补充了一句，他的眼睛闪闪发光。

“什么条件？”她问。

“假如，你一连触碰了十一样东西，却全都不是艾芙国的王族变成的，那么，你不仅不能解救他们，就连你自己，也得被魔法变成一件小摆设或是装饰品。这是十分公正合理的，也正是你说过愿意承担的风险。”

第十二章

十一次猜测

奥芝玛听完矮子精国王强加给她的这一条件以后，沉默了下来，静静地考虑着。她所有的朋友都不安地望着她。

“你别同意！”桃乐丝嚷道，“假如你猜错了，就连你自己也要变成奴隶了。”

“可是我可以猜十一次，”奥芝玛回答，“在十一次中，我怎么也能猜出一件。如果是这样，我不单可以救出一个王室成员，自己也就安然无恙了。在我之后，你们大家也都能够试一下，不需要多久，我们就可以把所有遭受奴役的人都解救出来了。”

“假如我们失败了呢？”稻草人问，“我成为一件小摆设，也是挺不错的，对吧？”

“我们不能失败！”奥芝玛勇敢地高声说，“我们走了这么远的路，不就是为了要搭救这些可怜的人吗，要是放弃不猜，那是软弱和胆怯。所以，我要接受矮子精国王的建议，马上到宫殿中去。”

“这就对了，亲爱的。”国王说着就从宝座上爬下来，因为身体肥胖，他费了好大的劲儿，“我来给你带路。”

他走到洞窟内的一堵石壁前，挥了一下手，那里立即打开了一扇石门。奥芝玛微笑着和朋友们道了别，然后勇敢地走了进去。

她发现自己来到了一个金碧辉煌的大厅，这里比她见过的所有地方都要美丽壮观。在她的头顶上，是由巨大的拱形圆顶构成的天花板，而所有的墙壁和地板，则是用各色雅致的大理石铺设而成的。地面铺有厚厚的丝绒地毯，通往宫中各个房间的拱门则垂挂着厚厚的织锦帷帘。家具都是用贵重的古老木材制成的，上面雕刻有美丽的花纹，还铺着精致的绸缎，整个宫殿都笼罩着一种玫瑰色的神秘光辉。这种光辉似乎并不是从某个特殊的地方反射而来，但无论哪个房间，都被这种柔和而舒适的光辉笼罩其中。

奥芝玛从这一间走到那一间，看到的所有一切都令她兴奋。这可爱的宫殿之中没有别人，矮子精国王把她带到门口就离开了，门也在她身后关上了。所以，在富丽堂皇的房间里，显得有些空荡荡的。

有许许多多不同形状的装饰品，摆放在壁炉架或是木架、底座、桌子上，它们的材料各不相同，有金属的、玻璃的、瓷的、宝石的和大理石的。有一些是花瓶，有一些是人物和走兽，也有雕刻成的浅盘和碗，或是宝石镶嵌成的摆件。墙上还有图画，这整个地下宫殿，简直像是一个收藏着稀世珍宝的博物馆。

奥芝玛先在所有房间里匆匆浏览了一遍，然后开始想弄明白，在这些陈列着的无数装饰品之中，究竟有哪些会是艾芙国的王族变成的。但是，没有任何东西能给她哪怕一丁点儿启示。因为，每一样看起来都没有任何生命迹象。所以她只好瞎猜，这时她才明白，这任务是多么的危险，她这么努力地想把别人从矮子精国王的魔法禁锢中解救出来，最后，却可能让自己也丧失掉自由。难怪那狡猾的君主，会对前来拜访的他们那样得意地放声大笑，他显然知道，这些人有多么容易上当。

但是，既然已经冒着风险来了，奥芝玛就不可能放弃不猜。她看到一只有十个枝杈的枝形烛台，心想：“这可能正是艾芙国王后和她的十个子女。”于是，她碰了碰它，并大声地说出了“艾芙”二字。可是，那烛台却纹丝不动。

接着，她走到另一间屋子，碰了碰一只小瓷羊，以为这可能是她在寻找的孩子们中的一个，但她还是没有成功。猜了三次、四次、五次、六次、七次、八次、九次、十次了，还是一次也没猜对！

小女孩轻微地颤抖了一下，脸色即使是在那玫瑰色光辉的映照下，也显得十分苍白。因为现在，只剩下最后一次机会了，她自己的命运，完全取决于这次猜测的结果。

她决定不要急于做出选择，又到各个房间走了一圈，仔细打量着各种装饰品，想看看到底该碰哪一件。最后，在绝望中，她把希望完全寄托给了运气。她面对一间屋子的门口，紧紧地闭上眼睛，然后掀开沉重的帷帘，伸直了右手，盲目地往前挪动着脚步。

她徐缓地、轻柔地一点点朝前走着，直到她的手碰触到一件什么东西，那是放置在一张小圆桌子

上的饰品。她不知道那是什么，只是低低地说了声“艾芙”。

然后，这房间里就再也没有生命的存在了。矮子精国王又多了一件新的装饰品。因为，就在桌子边上，停着一只好看的蚱蜢，看上去就像是用整块翡翠做成的。奥芝玛女王正是变成了这件小玩意儿。

在王宫旁边的觐见室里，矮子精国王突然抬起头，微微地笑了。

“下一个！”他说道，声音里显露出他的快活。

桃乐丝、稻草人和铁皮人一直坐在那儿，焦虑而安静地等待着，这时候都被吓了一跳，相互之间看了看。

“她失败了吗？”滴答人问。

“恐怕是这样的，”那位矮小的君主愉快地回答道，“不过，这并不意味着你们之中就不会有人成功，下一个人可以猜十二次，而不是十一次了，因为现在，变成装饰品的是十二个人了。好了，好了！下一个你们谁去？”

“我去吧。”桃乐丝说。

“不行，”铁皮人拉住她，“作为奥芝玛女王军队的司令官，我有责任跟随着她，并且要想尽办法救她出来。”

“那就你去吧，”稻草人说，“不过要当心啊，我的朋友。”

“我会的。”铁皮人保证说。然后，他就跟在矮子精国王身后，走到王宫的门口。他进去以后，石门就在他身后合拢了。

第十三章

矮子精国王放声大笑

国王马上回到自己的宝座，再次点燃了烟斗。这一小队冒险者中，剩下的人又坐下来，开始了漫长的等待。女王已经失败了，大家都明白，她现在已经成为矮子精国王宫殿中的一件装饰品了，这个事实令他们感到十分沮丧。虽然地下王宫富丽堂皇，但同时也是个可怕的、令人毛骨悚然的地方。失去了小领袖，他们不知道下一步该怎么办。因此，军队里从上到下，直至那簌簌发抖的士兵，都开始担心自己不久就会变成一个装饰物，除了起装饰作用以外，再也派不上用场了。

突然，矮子精国王放声大笑起来。

“哈哈哈！嘿嘿嘿！呵呵呵！”

“出什么事了？”稻草人问。

“啊哟，你的朋友铁皮人变成了非常有趣的东西，你简直想象不出，”国王笑得眼泪都出来了，他一面回答，一面擦着眼中流出的泪水，“根本不会有人相信，他竟然会变成这么滑稽的一件装饰品。下一个！”

他们面面相觑，心全沉了下去，一个将军开始伤心地抽泣起来。

“你哭什么？”稻草人问，看到这种软弱的表现，他非常生气。

“他还欠我六个星期的薪水呢，”将军回答说，“我真不愿意失去他。”

“那你就该去找他。”稻草人说。

“我！”将军惊恐万分地高声叫道。

“当然是你，追随你的司令官不正是你的职责吗？起步，走！”

“我不去，”将军说，“当然，我是愿意去的，不过我就是不去。”

稻草人以探询的目光望了望矮子精国王。

“没关系，”快活的君主说，“假如他不肯进王宫去猜，我就把他投进我的熔炉里，让他到那熊熊燃烧的烈火中去。”

“我去！——我当然要去了，”将军急促地喊道，就像是爵士乐中的狂叫，“门在哪里——在哪里？我立刻就去！”

就这样，矮子精国王带他进入王宫后，又走出来，等待结果。谁也不知道将军在里面做了些什么，但是没过多一会儿，国王就叫了下一个。上校迫不得已，也只好进去碰运气。

一个之后，接下来是另一个，二十六名军官就这么挨个儿走进王宫，进行他们的猜测，结果，全部变成了装饰品。

这个时候，国王吩咐，给等着的人送些点心上来。听到他的命令，一个相貌粗野的矮子精托着盘子走了进来，这个矮子精有别于桃乐丝见过的其他矮子精，他脖子上挂有一根沉重的金链条，表明他的身份是矮子精国王的侍从长。他摆出一副神气活现的样子，甚至告诫他的国王说，在深夜是不可以吃太多蛋糕的，否则就会生病。

可是，桃乐丝饿了，她可不怕生病。她吃了几块蛋糕，觉得味道挺不错的。然后，她还喝了一杯上等咖啡，用来焙制的咖啡豆都是先在熔炉烤得焦香才细细研磨的。她感到这个咖啡十分提神，而且一点也不浑浊。

一起进行这次冒险的队伍之中，现在只剩下桃乐丝、稻草人、滴答人以及士兵这几个顾问和伙伴了。胆小的狮子和饥饿的老虎当然也在，但他们用过一些蛋糕以后，就躺在石窟的一旁睡着了。而在石窟的另一边，锯木马站在那里就像是纯粹的木制品一般，毫无动静，一声不吭。比莉娜刚刚安然地在周边走动，啄食撒落在地上的蛋糕渣。现在，几乎已经过了睡觉的时间，她正在四处搜寻一个适合睡觉的黑暗地方。

找了一会儿，黄母鸡发现国王的石雕宝座下面有一个黑窟窿，于是神不知鬼不觉地钻了进去。在那里，她能听到周围人叽叽喳喳的说话声，但是，在一片漆黑之中，她很快就睡熟了。

“下一个！”国王喊道。现在，轮到那个士兵进入那不祥的王宫了，他与桃乐丝和稻草人握了握手，悲戚地同他们道了别以后，就走进了那扇石门。

接下来的等待十分漫长，因为士兵并不急于变成

一件装饰品，所以他猜得非常慢。矮子精国王似乎能够借助某种魔力来察知宫殿之中所发生的一切事情，现在他终于等得不耐烦了，他说不愿意再坐在这里等下去了。

“我喜欢装饰品，”他说，“但是我不能为了得到更多的装饰品，就一直等到天明。所以，等那个愚蠢的士兵一变过去，我们大家就都去睡觉吧，等明天一早，再继续这件事情。”

“天已经那么晚了吗？”桃乐丝问。

“嗯，已经过了半夜了，”国王回答，“我觉得这就够晚了，尽管在我的王国里没有昼夜，因为太阳照不到这里，但是，我们仍然同地面上的人一样，也需要睡觉。就我来说，再过几分钟，我就得上床睡觉了。”

事实上，在国王说完这番话不久，那名士兵就猜完了最后一次。当然他也猜错了，他立即变成了一件装饰品。国王非常高兴地拍了拍手，把他的侍从长召来。

“带这些客人到客房去，”他下达了命令，“安排得越快越好，我自己也困极了。”

“你不该坐到这么晚的，”侍从长强硬地说，“等到明天早上，你的脾气就会坏得如同鹫头飞狮一样。”

陛下并没有回应这一意见，侍从长领着桃乐丝他们穿过另一扇门，来到一处长廊，长廊两边有几间布置得简单而又舒适的卧室。第一间卧室被分配给了小女孩，第二间给了稻草人和滴答人——尽管他们从不睡觉——第三间给了狮子和老虎。第四间给了锯木马，在他蹒跚地跟在侍从长身后走进去以后，就一直僵直地在屋子里站到了天亮。

对稻草人、滴答人和锯木马来说，每一个夜晚都非常地难熬。不过，他们从以往的经验中已经学会了耐心并会安静地消磨时光。他们那些有血有肉的朋友都必须睡觉，而且不愿意受到打扰。

等到侍从长离开以后，稻草人悲痛地说：“失去了老朋友铁皮人，这太令人伤心了。我们曾经一起经历过那么多危险，都平安度过了，可是现在，他却变成了装饰品，一想到可能再也见不到他，我就感到很难过。”

“对社会来说，他原本就是一件装饰品。”滴答人说。

“是，但现在他却遭到矮子精国王的嘲笑，说他是整个宫殿中最滑稽的装饰品，我那可怜的朋友会为这一点感到伤心的。”稻草人悲伤地继续说。

“明天，我们自己也会沦为很可笑的装饰品。”滴答人声音单调地说。

正在这个时候，他们的房间门被打开了，桃乐丝十分焦虑地跑了进来，嚷道："比莉娜上哪儿去了？你们看见比莉娜了吗？她在不在这里？"

"不在这里。"稻草人回答说。

"那她出什么事了？"女孩问。

"怎么，我原本以为她会同你在一起呢。"稻草人说，"不过，我回想起来了，在她啄食完蛋糕屑以后，我就再也没有看到过她了。"

"我们一定把她留在觐见室了。"桃乐丝一想到这里，就马上转过身，沿着长廊跑到通往这边的那扇门前。

但是，门紧闭着，把他们锁在里面，而且沉重的石板非常厚，连一丝声音都透不过来。桃乐丝不得不重新回到自己的屋子里。

胆小的狮子把脑袋伸到女孩的房间里，想使她在失去鸡朋友以后多少能感到一些安慰，他说：“黄母鸡完全能照顾好它自己，所以别担心，早点儿睡吧。今天这一天又长又累，你需要尽量多地休息。”

“等到明天，我变成装饰品以后，大概就有足够多的休息时间了。”桃乐丝这么说道，但是困倦感使得她昏昏欲睡。于是，她在休息室里躺了下来，尽管满心忧虑，还是很快就陷入了睡梦之中。

第十四章

桃乐丝尽量让自己勇敢一点儿

这时，侍从长已经回到觐见室，他对国王说：“你在这些人身上花费了太多时间了，你这个傻瓜。”

“什么！”陛下大叫起来，他的声音恼怒无比，一下子就把比莉娜给吵醒了，这会儿她正睡在他的宝座底下。“你怎么敢说我是傻瓜？”

“因为我喜欢说实话。”侍从长回答说，“为什么你不干脆直接施魔法，让他们这一伙人立刻就着魔，而非要允许他们挨个儿地到王宫里，去猜测艾芙国王后和她的子女都变成了哪些装饰品呢？”

“唉，你这个愚蠢的恶棍，这样做更有趣啊，”国王回答说，“这就可以让我乐上好一阵子。”

“但是，万一他们中间有人猜对了，”侍从长坚持说，“那时候，你失去的不单是你原有的装饰品，就连这些新的也会失去。”

“他们不可能猜得对的，”君主笑着回答道，“他们怎么可能知道，艾芙国王后和她的子女都变成了深紫色的装饰品呢？”

“可是，除了他们变的那几个，再也没有别的紫色的装饰品了呀。”侍从长说。

“在那里不是还有许多其他的颜色吗，而且，那几件紫色的小玩意儿分散在各个房间里，形状和大小都不一样。我是说真的，侍从长，他们绝对想不到要去选那些紫色的装饰品的。”

正蹲在宝座底下的比莉娜很仔细地听着上面的谈话，听到这个国王自己泄露了秘密，比莉娜心中暗自欢喜。

“你这样冒险，还是很愚蠢的，”侍从长继续无礼地说，“至于奥兹国来的那些人，他们被你变成的装饰品全都是绿色的，这就更愚蠢了。”

“我这么做是因为他们来自翡翠城，”国王回答说，“而且到目前为止，我的收藏里面还没有绿色的装饰品。我认为让它们和其他的玩意儿混在一起会显得更加好看。不是吗？”

侍从长生气地嘟哝了一声。

“你可以为所欲为，因为你是国王。”他愤愤然地说，“万一到头来你要为自己的粗心大意感到懊悔的话，你可得记住我对你说过的这番话。如果那条能使你改变别人的形状，并且赋予你许多权力的腰带，是由我束着，那我一定会成为一个比你聪明、能干得多的国王。”

“好了！别唠叨个没完了！”国王下令说，他再一次生气了，“不要以为你身为我的侍从长，就可以由着性子来指责我，要是下回你还敢这么无礼，我就把你派去熔炉边干活，另找一个矮子精来顶替你的职务。现在，陪我去卧室，我要上床歇息了。你记得明天一早叫醒我，我还要享受把剩余这些人全部变成装饰品的乐趣。”

“那个堪萨斯来的小女孩，你准备把她变成什么颜色？”侍从长问。

“我看，变成灰色吧。”陛下回答说。

“那么稻草人和机器人呢？”

“噢，他们会变成纯金色的，因为在现实生活中他们可太丑了。”

随后，声音逐渐消失了，比莉娜知道，这是国王和侍从长离开了这里。她啄了啄自己尾巴上几根不直的羽毛，将它们梳理了一下，然后就把头塞到翅膀下面，再度入睡了。

早上，桃乐丝、狮子和老虎都在自己房间里用过了早餐，然后就到觐见室里来见国王。老虎愤愤不平地抱怨说他只吃了个半饱，还不如到宫殿里去当个装饰品，这样他就再也用不着经受饥饿的折磨了。

“你没吃早餐吗？”矮子精国王问。

“唉，我只吃了一口。”这只野兽回答说，“吃一口，对一只饥饿的老虎来说顶什么用呢？”

“他吃了十七碗麦片粥、一满盘的炸香肠、十一个圆面包和二十一张肉馅饼。”侍从长说。

“你还想吃什么？”国王问。

“一个胖娃娃。我想要一个胖娃娃，”饥饿的老虎

说，“一个胖乎乎的、活泼的、柔嫩嫩的、漂漂亮亮的娃娃。不过，当然了，即使我有了他，我的良心也不会允许我吃掉他的。所以，我还是要去当一个装饰品，这样才能使我忘记饥饿。”

“不行，”国王喊道，“我不能容许愚笨的野兽进入我的宫殿，去碰翻甚至打碎我那些美丽的小玩意儿。等你们剩余的这些朋友都变完了以后，你们就可以回到地面上去，做你们想做的事。”

“说到这点嘛，等我们的朋友都离开了，我们也就无事可干了。”狮子说，“所以，我们并不在乎未来会发生什么事情。”

桃乐丝请求第一个进入宫殿，但是滴答人坚定地说，仆从应该在女主人的前面去冒险。稻草人赞同他的看法，所以，矮子精国王就为滴答人打开了门，然后滴答人进入宫殿，去迎接属于他的命运了。

国王这时候又回到宝座上，称心如意地抽起了他的烟斗，他头顶上缭绕起一小片烟雾。

过了一会儿，他说：“我很遗憾，你们没剩下几个了。看来，不久我的乐趣就要中止了，到那时，我没有别的事情可做，就只能欣赏我新增的装饰品了。”

“我现在明白了，”桃乐丝说，“你假装很诚实，实际上却并非这样。”

“怎么了？”国王问。

“唔，你让我们误以为艾芙国的那些人变成的装饰品是很容易就能猜到的。”

“是很容易啊，”君主声称，“只要会猜。但是看起来，你们这些人都不会猜。”

“滴答人现在在做什么呢？”女孩不安地问。

“什么也没做，”国王皱着眉头回答，“他站在屋子中央一动也不动了。”

“啊，我想他的发条走完了，”桃乐丝说，“今天早上我忘记给他拧紧发条了。他猜了几次了？”

“只剩下一次了，”国王说，“要不你进去吧，给他拧好发条之后，就留在那里接着猜。”

“好的。”桃乐丝说。

“下一个该轮到我了。”稻草人郑重其事地说。

“喂，你总不会愿意一走了之，就让我一个人孤零零地留在这吧，对吗？”女孩说，“再说，如果我现在就能去，还可以上好滴答人的发条，让他有机会猜最后一次。”

“那好吧，”稻草人叹了口气说，“去吧，小桃乐丝，希望你能有个好运气。”

就这样，桃乐丝抑制住心中的害怕情绪，尽量让自己勇敢一点儿，然后她穿过门口，走进宫殿里华丽的房间之中。起初，她因为那里的寂静而感到恐惧，她急促地吸了几口气，把一只手压在胸口，惊异地打量起四周。

是的，这是一个美丽的地方。但是，在每一个角落里都潜藏着魔法。她还不能习惯这些仙境之中的魔法，这同她在故乡时，那些安宁而又实实在在的平凡景象是多么的不同啊。

她徐徐地穿过几个房间，然后看到了一动不动地站着的滴答人。这时，她感觉自己总算在这神秘的宫殿中见到了一个朋友，于是赶忙跑了过去，将滴答人的行动、说话和思维的发条全部都给拧紧了。

“谢谢你，桃乐丝，”他一开口就说，“我现在还能猜一次。”

“啊，你可要当心些，滴答人。”女孩嚷道。

“我会的。不过，矮子精国王完全控制住我们了，他给我们设置的是一个陷阱，恐怕我们全完了。”他回答说。

“我也有同样的担心。”桃乐丝悲伤地说。

“要是当时铁皮匠和白铁匠能给我装一个进行猜测

的装置，”滴答人继续说，“那我就可以给矮子精国王一点儿颜色瞧瞧。可惜我的思维是普通而简单的，在现在这样的情况下根本起不了什么作用。”

“你尽管去做吧，”桃乐丝鼓励他说，“假如你失败了，我会留意看，看你变成了什么东西。”

滴答人看到一旁有一个画着雏菊的黄色玻璃花瓶，就碰了一下，同时说了一声“艾芙”。

滴答人一下子就不见了，尽管女孩立即打量起四周，但她也说不清在这间屋子里那许多的装饰品之中，到底哪一件是她那位忠实的朋友和仆从。

所以，她只能接受摆在她面前的任务，进行猜测，并听从命运的安排。

“变成装饰品不会很疼的，”她想，“因为，我没听到他们中任何一个人发出尖叫或是高声的呼喊——连那些怯懦的军官都是如此。天哪！我不知道，亨利叔叔和埃姆婶婶最后能不能知道，我变成了矮子精国王宫殿中的一件装饰品，漂漂亮亮地永远站在一个地方，只有在擦拭灰尘时才挪动一下。我想不到我会遭遇到这样的事情，从来都不曾想到过。不过，看来这是无法避免的。”

她再次在所有的房间走了一遍，仔细地观察着里面的一切装饰品。可是东西这么多，她有些不知所措。最后，她做出的是同奥芝玛相同的决定，把命运交给运气，随意进行猜测，看能不能猜中。

她怯懦地碰了碰一只雪花石膏碗，说了声“艾芙”。

“就算是这样，也只不过猜错了一次。”她想，“但是，我要怎么才能弄明白哪一件东西是施过魔法的，哪一件没有？”

随后，她在壁炉架上看见一只紫色小猫，她碰了一下，说了一声“艾芙”。话音刚落，那小猫就不见了，一个漂亮的浅发男孩站到了她身边。同时远处响起了铃声，桃乐丝吓了一跳，一半是因为惊讶，一半是因

为高兴。

这时男孩喊道："我在哪儿？你是谁？我出什么事情了？"

"啊呀，好极了！"桃乐丝说，"我真的做到了！"

"做到什么了？"男孩问。

"我可以不用变成装饰品了，"女孩一面回答，一面大笑起来，"我还救了你，免得你永远是一只紫色的小猫。"

"一只紫色的小猫？"他重复了一遍，"这周围没看见这样的东西。"

"我知道，"她回答，"但是，在一分钟以前这里是有的，你不记得你是站在壁炉架上的吗？"

"怎么会。我是艾芙国的王子，艾芙林，"男孩骄傲地声称，"可是我的国王父亲，把我母亲和她所有的子女全部卖给了矮子精的残忍的统治者，然后我就什么都不记得了。"

"一只紫色的小猫看来是不会拥有记忆的，艾芙林，"桃乐丝说，"但是，现在你又恢复了原形。我要设法救出你的那些兄弟姐妹，或许还能救出你母亲。跟我来吧。"

她牵着男孩的手，急匆匆地到处走动，想看看下一次应该猜什么。第三次猜测并没有成功，第四次和第五次也失败了。

艾芙林完全想象不出她在做什么，却心甘情愿地小步跑着跟在她身边，因为他喜欢这位新朋友。

桃乐丝接下来的猜测全都没有成功。但是，她在最初失望了一阵子以后，又想到，不管怎么说，她已经成功地救出了艾芙王室中的一个成员，可以让这个小王子去管理那个可悲的国家了。于是她的心中再一次充满了喜悦之情。现在，她可以安然地回到那可怕的矮子精国王跟前，带着她赢来的奖赏——那个浅发的男孩。

第十五章

矮子精国王被比莉娜吓坏了

当桃乐丝走进宫殿进行猜测时，和矮子精国王待在一起的，只剩下稻草人，他忧郁而沉默地坐了几分钟，然后就听见对面那君王用满意的口吻高声喊了起来："好极了！"

"谁好极了？"稻草人马上问。

"滴答人。他再也用不着别人给他上发条了，因为，他现在已经变成了一件挺雅致的装饰品。确实挺雅致。"

"桃乐丝怎么样了？"稻草人问道。

"啊，她正要开始猜测，用不了多久，"国王心情愉快地说，"她就会变成我的收藏品，然后就轮到你进去了。"

好心的稻草人一想到他的小朋友即将遭受的命运，

也正是奥芝玛和他们这一队人中所有人的命运，心中感到十分悲伤。但是，正当他陷入悲伤中时，一个尖厉的声音突然叫道：“咯咯咯哒——！咯咯咯嗒——！”

矮子精国王被吓坏了，差一点儿从他的宝座上跳下来。

“老天，这是什么声音！”他大声喊道。

“噢，这是比莉娜在叫。”稻草人回答说。

“你干什么？这么吵！”看到黄母鸡从宝座底下走出来，骄傲地在屋中昂首阔步时，国王生气地嚷嚷说。

“我认为，我是有资格咯咯叫的，”比莉娜回答说，“我刚刚生了一个蛋。”

“什么！生了一个蛋！在我的觐见室里！你怎么胆敢做这种事情？”国王问道，并暴跳如雷起来。

“我走到哪儿，就把蛋生到哪儿。”黄母鸡说着将身上的羽毛竖了起来，然后又抖了抖身子，让羽毛恢复原状。

“但是……这种行为……太吓人了！你难道不知道鸡蛋是毒药吗？”国王狂吼道，他害怕得连那灰色的眼珠都鼓了出来。

“毒药？嘿！我说，”比莉娜愤愤不平地说，“我得告诉你，我的全部鸡蛋，保证都是新鲜无比和新潮

漂亮的，你怎么能说它是毒药？”

“你不明白，”矮胖的君王一脸的紧张，反驳道，“鸡蛋是只有在外部世界才有的——只属于你们所待的地面上的世界。在我们的世界里，在这个地下王国中，蛋就像我说的那样，是一种类似于毒药的存在，我们矮子精身边就不能有蛋。”

“噢，那么这次，你不得不有个蛋在身边了，”比莉娜说，“因为我已经生下来了。”

“生在哪儿了？”国王问。

“就在你的宝座下面。”黄母鸡回答。

国王一蹦三尺高，跳到了半空之中，十分迫切地想要离开那个宝座。

“快拿走它，马上拿走它！”他喊道。

“我拿不了，”比莉娜回答说，“我没有手。”

“我去拿好了，”稻草人说，“我正好想要收藏比莉娜生下来的鸡蛋，现在我的口袋里就有一只，是她昨天生下来的。”

国王一听到这话，立即就拉开了和他的距离。当稻草人正准备去拿宝座下的蛋时，黄母鸡突然喊道：“住手！”

“怎么了？”稻草人问。

“除非国王能允许让我也同别人一样去宫殿之中进

行猜测，否则就别拿出蛋。”比莉娜说。

“呸！”国王回答，“你不过是一只黄母鸡，也妄想能猜中我的魔法吗？”

“不管怎么说，我要试一试。”比莉娜说，“反正，要是我失败了，你不正好可以多一件装饰品吗？”

“你要成为一件漂亮的装饰品，是吧？”国王吼道，“那就照你说的做！你竟然胆敢在我面前生蛋，是该好好惩罚你一下。等稻草人变成装饰品以后，你就可以作为下一个人选到宫殿里去。不过，你要怎么去碰那些东西呢？”

“我有爪子可以用，”黄母鸡说，“我说起‘艾芙’来，也会和其他任何人一样清楚。我还要求去猜我那些中了魔法的朋友。这样，要是成功的话，我就能救出他们了。”

“可以，”国王回答，“我答应你的要求。”

“现在，”比莉娜对稻草人说，“你可以把蛋拿出来了。”

稻草人用膝盖着地，将手伸到宝座下面，掏出那个鸡蛋，把它放在上衣另一个口袋里。因为，他担心两只蛋要是放在同一个口袋里的话，会在相互碰撞时敲碎。

正在这个时候，从宝座上方传出了清脆的铃声，国王再度紧张地跳了起来。

“这下好了！”他沮丧地说，“居然让那女孩给办成了。”

“办成了什么？”稻草人问。

“她的猜测中了一次，破坏了我一项极灵验的魔法。这太糟糕了，我从没想过她竟然能猜到。”

“这么说的话，她马上就能安全地回到我们这里来了？”稻草人问道，他画上去的嘴脸绽放出愉快的笑容。

“是这样的。”国王一边说着，一边烦躁地在石室里走来走去，“不管我的承诺有多荒唐，我总是应该

遵守的。不过，我要把黄母鸡变成一件装饰品，好顶替我刚刚失去的这一件。”

“你也许做得到，也许做不到。”比莉娜平静地嘟哝着说，“说不定我会猜对的，叫你大吃一惊。”

“猜对？”国王厉声说道，“比你聪明的人都没猜对，你怎么可能猜得对，就凭你这只笨鸡？”

比莉娜对这句话完全不屑于作出答复。过了一会儿，通往宫殿的门打开了，桃乐丝牵着艾芙林小王子的手，走进了觐见室。

稻草人紧紧地拥抱了女孩，对她表示欢迎。本来他还想拥抱艾芙林的，因为他太高兴了。但是，小王子很怕羞，而且也不了解稻草人所拥有的许多优良品质，所以从他身旁闪开了。

朋友们没有时间谈话，因为现在，轮到稻草人走进宫殿中去了。桃乐丝的成功大大地鼓舞了他，他们大家都希望，他至少能猜中一次。

然而，结果同除桃乐丝以外的其他所有人一样，尽管可怜的稻草人花了许多时间去挑选，可还是一个也没有猜对。

最后，他变成了一个纯金的插卡器，在那美丽而可怕的宫殿中，等待着下一个来访者。

“终于结束了。”国王满意地叹了一口气，“这真是一次极有趣的游戏，除了堪萨斯姑娘猜中的一次是意外。不管怎么说，我又新增了许多漂亮的装饰品。”

“现在该轮到我进去猜了。”比莉娜轻快地说。

“啊，我差点儿忘了你，”国王说，“不过要是你不想去，就不用去了，我会大发慈悲把你放走的。”

“不，你用不着，”黄母鸡回答，“我一定要进去猜，这是你答应过我的。”

“那你就去吧，你这只愚蠢的土鸡！”国王嘟哝着，还是让通往宫殿的门显露了出来。

“别去了，比莉娜，”桃乐丝诚心诚意地说，“那些装饰品实在不好猜，仅仅是运气我才避免了成为其中的一件。你还是留在我身边，让咱们一起回到艾芙国去，我敢肯定，这位小王子一定会好好招待我们的。”

“我当然会的。”艾芙林很神气地说。

“你不用为我担心，亲爱的，”比莉娜说着发出一种咯咯声，这就是她的笑声了，“我不是人，但我也不是傻瓜，尽管我只是只小鸡。”

“唉，比莉娜！”桃乐丝说，“你早就不能说是小鸡了。自从你——你长大以后，就不是了。”

“或许你说得不错，”比莉娜思考了一阵，回答说，

“但是，假如一个堪萨斯的农民要把我卖给什么人，他该怎么叫我呢？——黄母鸡还是小鸡？”

“这里不是堪萨斯，比莉娜，”女孩回答说，“而且我和你说——”

“这不要紧，桃乐丝。我走了，我不说什么了，因为我是要回来的。别担心，只要等一会儿，你就能再见到我了。”

于是，比莉娜高亢地鸣叫了几声，这声音使得那个肥胖的矮国王立即紧张起来，而且看上去比任何时候都要更加紧张。然后，黄母鸡穿过那扇门，走进了那个被施了魔法的宫殿。

“我希望再也不要见到那只鸡了，”国王说着再一次坐回到他的宝座上，用一块石头颜色的手帕擦拭前额上的汗珠。“哪怕是在最好的情形下，黄母鸡也够讨人厌了，更何况还是一只会说话的黄母鸡，这简直令人毛骨悚然。”

“比莉娜是我的朋友，”桃乐丝心平气和地说，“她可能有时并不太讲礼貌，但我确信，她的用心是好的。”

第十六章

紫色、绿色与金色

黄母鸡抬头挺胸，不慌不忙地走在金碧辉煌的宫殿中那华丽的天鹅绒地毯上，用她那锐利的小眼睛打量着所见到的一切。

比莉娜是有权骄傲的，因为只有她清楚矮子精国王的秘密，而且知道如何来识别哪些是变过来的东西，哪些是原本就没有生命的东西。她是完全有猜中的把握的，但在开始猜以前，她很想看一看这个地下宫殿的豪华景象，这或许在各个仙境之中，也是最辉煌、最美丽的地方之一。

当她穿行在各个房间里时，她留意数了数紫色的装饰品。尽管有些很小，或是藏在出人意料的地方，但比莉娜还是都看得一清二楚，把分散在各个房间里的十个全找到了。她没有去操心那些绿色的装饰品，因为她认为到了要猜它们的时候，她全能找到。

参观了整个宫殿，并欣赏完它华丽的装饰以后，黄母鸡终于回到她曾看到过的，有一个紫色的大脚凳的房间。她把爪子搁在凳子上，说了一声“艾芙”，脚凳马上就消失了，出现一位身材修长而漂亮的夫人，穿着一身非常漂亮的衣服站在她面前。

有那么一阵子，这位夫人惊讶地瞪圆了眼睛，因为她不记得自己曾经变成过另外的东西，也无法想象得出她怎么又恢复了生命。

“早上好，夫人。”比莉娜尖声说道，“根据你的年龄来看，你身体还算健康。”

“谁在说话？”艾芙国王后傲然挺立，问道。

“唔，按理说，我的名字是比尔。”黄母鸡回答说，这时候她站到了一把椅子背上，“不过，桃乐丝给我加了一个词尾，就变成了比莉娜。不过叫什么都无关紧要，是我把你从矮子精国王的手中拯救出来的，你再也不是奴隶了。”

“我对你的善心义举表示感谢，”王后说着优雅地行了一礼。“但是，我的孩子们呢？我求你告诉我，我的孩子们在哪里？”她焦虑地合上双手，恳求道。

“别担心，”比莉娜一边劝说，一边啄食了一只爬行在椅子背上的小甲虫。“他们现在很安全，不可能受到任何伤害。因为他们就连扭动一下身子都不行。”

“这是什么意思呢，仁慈的陌生人？”王后竭力抑制住自己焦虑的心情，问道。

“他们都被施了魔法，”比莉娜说，“就和你刚才一样——除了桃乐丝找出的那个小家伙以外，全部如此。他们恐怕已经当了很长一段时间的顺从孩子，因为他们不得不这样。”

“喔唷，可怜的宝贝们！”王后叫嚷道，并伤心地呜咽起来。

“不是你想的那样，”黄母鸡对她说，“你用不着因为他们现在的处境而感到难过，夫人。因为，我很快就能让他们团聚在你周围，就同以往一样，他们自然会来麻烦和打搅你。请跟在我身后，我会指给你看，他们看上去有多漂亮。”

说着从椅子背上飞了下来，走向隔壁的一间房屋，王后跟在她的身后。她走过一个矮桌子时，看见上面有一只小小的绿蚱蜢，比莉娜立即扑了过去，用尖利的喙把它啄了起来。因为蚱蜢是黄母鸡最喜爱的食物，

如果不快一点儿把它们抓住，它们就要跳走了。

假如奥兹女王此时不是一块翡翠，而是一只真的蚱蜢的话，那很可能就完了。好在比莉娜这时已经发现，这蚱蜢很硬，不像是活的，她怀疑吃了没好处，所以很快又把它放了下来，没有吞进喉咙里去。

“我早该知道的，”她自言自语地嘀咕道，“这里没有青草地，也就不会有蚱蜢。或许，这是国王变出来的东西。”

过了一会儿，比莉娜走到一件紫色装饰品旁边。王后好奇地瞧着黄母鸡，她正在破除矮子精国王的魔法，很快，一个有着可爱脸蛋、云彩般的披肩金发的

小姑娘出现了，站在她们身旁。

“艾万娜！”王后大声道，“我的好艾万娜！”她把小姑娘搂在怀中，不断亲吻她的面颊。

“这不就好了，”比莉娜满意地说，“我很会猜吧，矮子精国王先生？唔，我想是这样的！”

然后，她又为另一个小姑娘破除了魔法，王后称这姑娘为艾芙萝丝；再然后，是一个名叫艾瓦尔多的男孩，他比艾芙林要年长些。黄母鸡使得那位王后一直不停地在惊呼，并且把每一个孩子都拥抱了一阵子。最后，五位公主和四位王子排成一排，全都站到了他们笑逐颜开的母亲身边。孩子们的模样都很相像，只有个子的高矮不同。

几位公主的名字分别是艾万娜、艾芙萝丝、艾维拉、艾维蕾内和艾维德娜，而王子的名字分别是艾芙罗勃、艾文顿、艾瓦尔多和艾芙罗兰德。其中，艾瓦尔多年龄最大，等他们回到自己的国家以后，将由他来继承父亲的王位，加冕为艾芙国国王。这个青年看上去庄重而克制，无疑将会睿智而公正地管理自己的子民。

在使艾芙国的王室成员全部恢复人形以后，比莉娜又开始着手猜选由奥兹国的人变成的绿色装饰品。

对她来说，要找到这些东西是毫不费劲的，没用多久，二十六名军官以及那名士兵就都围在了黄母鸡身边，高兴地庆贺着自己终于被解救出来了。

这时，在宫殿中的各个房间中活过来的全部三十七个人都十分清楚，他们能得到自由，全都要归功于黄母鸡的聪明，所以，大家都真诚地向她表示感谢，是她把大家从矮子精国王的魔法下解救了出来。

“好了，”比莉娜说，“我必须要找到奥芝玛。她显然就在这里，被藏在某个地方，她是从奥兹来的，那么肯定是绿色的。你们这些愚蠢的官兵，赶紧到处去看看，帮我找一下。”

然而，他们找了好一阵子，却再也找不到别的绿色装饰品了。不过，王后在又一次吻了她的九个子女之后，终于能腾出一点时间来关心关心正在发生的事情了，她对黄母鸡说：“我善心的朋友，你要找的，也许就是那只蚱蜢。”

“毫无疑问，就是那只蚱蜢了！”比莉娜叫了起来，“我觉得，我简直要同这些勇敢的官兵一样的愚蠢了。在这里等着我，我去那边拿它。”

于是，她回到见到蚱蜢的屋子里。一会儿之后，奥兹女王就同以往一样娇俏可爱地走了进来，她走到艾芙国王后跟前，就像一位高贵的公主遇到了出身同等的王族时那样，向她打了个招呼。

“可是，我的朋友稻草人和铁皮人呢，他们在哪儿？”在相互礼貌地问候过对方以后，女王问道。

“我会把他们找出来的，”比莉娜回答，“稻草人和滴答人都是纯金的，但是铁皮人变成了什么我并不清楚，因为，矮子精国王只说他变成了一件滑稽的东西。”

奥芝玛热切地帮助黄母鸡寻找起来。没用多久，稻草人和滴答人这两件闪闪发光的黄金装饰品也给找着了，并被恢复了原形。但是，不管他们怎么搜寻，到处都看不到有一件滑稽的、可能是铁皮人变成的装饰品。

“现在看来，只有一个办法了，”奥芝玛最后说，“就是回去找矮子精国王，迫使他告诉我们，我们的朋友变成了什么。”

“要是他不肯说呢？”比莉娜问。

“他必须得说。”奥芝玛坚决地说，“国王对我们很不坦诚，他假装公正而有诚意，原来是为了让我们全部落入他的圈套。要不是我们聪明机智的朋友黄母鸡找出了搭救我们的办法，我们恐怕永远都无法从魔法中解脱出来了。”

“国王是个恶棍。”稻草人说。

“他的笑声要比别人的怒容更令人憎厌。”士兵耸了耸肩膀，说道。

“原本我以为他是个诚实的人，看来我错了。”滴答人说，“我的看法通常是正确的，但偶尔也会出错，或是想得不得法，这是铁皮匠和白铁匠的过错。”

“铁皮匠和白铁匠把你制造得够好了，”奥芝玛亲切地说，“我觉得，尽管你还算不上十全十美，但也不应该责怪他们。”

“谢谢你。”滴答人说道。

“那么现在，”比莉娜轻快地小声说，“让我们大家回到觐见室那里去，看看矮子精国王还有什么可说的。”

大家一起朝门口走去，奥芝玛女王走在最前面，王后和她的一群小王子和小公主紧随其后，再后面是滴答人和稻草人，比莉娜站在稻草人塞满稻草的肩膀上，最后面走的是二十七名军官和士兵。

等他们走进宫殿大厅，石门就在他们面前打开了，这时，他们全部惊讶地停下了脚步，神情沮丧地望着外面圆顶的石窟。因为在那边，整齐地排列着一行行身穿铠甲的矮子精战士，他们前额的灯光亮得晃人眼，手中高举的战斧似乎马上要砍向敌人，他们正像雕塑一样站在那里一动不动，等候着命令。

在这可怕的军队中央，那位矮小的君王正坐在他的石雕宝座上，只是既没有面带笑容，也没有再大声发笑，反而因为愤怒而扭曲了面孔，看上去极其恐怖。

第十七章 稻草人打了一场胜仗

比莉娜进入宫殿以后，桃乐丝和艾芙林就坐下来等待结果，看看她是成功还是失败。矮子精国王坐在他的宝座上，快活而满足地抽了一会儿长烟斗。

这之后，宝座上方的铃声响了起来。只要破除魔法，这只铃就会响。国王这时烦恼而震惊地跳了起来，喊道：“糟了，糟了！”

当铃声再一次响起时，国王生气地大叫道：“该死！”然后第三次铃声也响了，他听到以后狂怒地尖叫起来，“希比卡洛里克！”这一定是个很可怕的词儿，因为我们不懂得它的意思。

再然后，铃声一次接一次地响起。国王这时候已经气得要发疯了，连一句话也说不出来，他跳下宝座，疯狂地在室内到处乱蹦——这场景使桃乐丝联想起了玩具跳娃娃。

当然了，就女孩来说，每听到一阵铃声，她就会感到由衷的喜悦，因为，这表明比莉娜又将一件装饰品变为了活人。桃乐丝也惊讶于比莉娜的成功，因为她很难想象，黄母鸡是怎么在宫殿的各个房间里面，从那么多令人眼花缭乱的装饰品之中，猜出正确的物件的。但是，在她数完十以后，铃声还在接连响起，她知道，不仅是艾芙国王室的那些人，就连奥芝玛和她的随从，也被恢复了人形。她高兴极了，所以国王那气急败坏的滑稽举动，就只能使她更为开怀地大笑。

也许，矮小的君王早已经气到了顶点，再也不可能比刚才更生气了，但是女孩的笑声几乎把他气疯了，他就像一只凶残的野兽那样，对着她狂吼起来。然后，他发现自己所有的魔法都要被破除了，当他意识到一切的牺牲品都将要恢复自由，他突然跑向了通往阳台的小门，并在那里吹起尖厉的口哨，召集了他的士兵们。

顷刻间，从金门和银门中涌出大量的士兵，他们沿着弯弯曲曲的楼梯向上，走向觐见室。在他们的上尉——一个长相暴戾的矮子精的带领下，鱼贯而入。

等到觐见室里几乎挤满了士兵以后，剩余的士兵就在地下的大山洞里排成队列，一动不动地站着，等候下一步命令。

桃乐丝在那些士兵开始走进来的时候，便牵着小王子艾芙林站到了紧挨着石壁的另一边，胆小的狮子就蹲在她的旁边，饥饿的老虎蹲在另一边。

“把女孩抓起来。”国王对上尉下达了命令。

于是，一群战士冲向前去，要执行命令。但是，狮子和老虎发出了大声的咆哮，威吓地露出他们又尖又硬的牙齿，那些家伙都被吓退了。

“不用理会他们！”矮子精国王大叫道，“他们已经不能从现在站立的地方跳出来了。”

“可是对于那些试图要抓女孩的人，他们还是能咬着。”上尉回答说。

“这事我来处理，”国王说道，“我会再一次对他们施加魔法，好令他们张不开嘴。”

他说着，便从宝座上走下来，企图施展他的魔法。就在这时，锯木马跑到了他身后，抬起两条木头腿，使劲地踢向这个胖国王。

“噢唷！杀人了！造反了！”国王被撞得摔到几个士兵身上，受了重伤，哀号起来，“谁干的？”

“我干的，”锯木马凶猛地大声喊道，“不许你再抓桃乐丝，否则我还会踢你的。”

“咱们走着瞧！”国王回答道，他朝锯木马挥了挥手，并且说了一个具有魔力的词。

“啊哈！”他接着说，“现在让我们来看看你还动得了吗？你这匹木骡子！”

但是，锯木马对于这魔法毫不理会，仍然能照常活动，并且飞快地朝国王奔来，使得那个矮胖子完全无暇躲避，只听得“乒——乓——”声响，木马蹄已经踢了过来，正踢中他那肥胖的身躯。国王被击飞到空中，向上尉的头顶落去，上尉闪避开来，于是国王仰面摔到了地上。

“咦，咦！”国王坐起来，惊讶地说，“我的魔法腰带怎么不起作用了，这真是怪了！”

“那家伙是木头做的，”上尉回答说，“你的魔法对木头是起不了什么效用的，这你知道。”

“啊，我忘了这一点。”国王说着站了起来，一瘸一拐地走向宝座，“算了，就让那女孩在那儿待着吧，反正她无论如何也逃不出我们的手心。”

之前的混乱情景使得士兵们慌乱了一阵，这时他们又排好了队伍。而锯木马，则穿过屋子奔向桃乐丝那边，站到饥饿的老虎身旁。

就在这个时候，通往宫殿的石门打开了，艾芙国和奥兹国的人们都出现了。看到这么多的战士，以及坐在这些人中间的怒气冲冲的矮子精国王时，他们停下了脚步，感到很惊讶。

“投降吧！”国王大声喊道，“你们是我的俘虏了。”

“让开！”在稻草人肩头的比莉娜对他说，“你答应过我的，只要我猜中了，我就可以和我的朋友们安全地离开这里。我想你总应该会遵守诺言的吧？”

“我只说过你们可以安全地离开宫殿，”国王反驳道，“我也确实让你们安全地从宫殿里走出来了。但是，你们不能被允许走出我的领地。你们是我的囚犯，我将要把你们扔进地牢里去，那是一个到处都是火和岩浆、空气比蓝色的火焰还要热的地方。”

“啊，那我就完了，”稻草人伤心地说，“一星半点的小火焰，不管是蓝色的还是绿色的，都可以把我烧成灰烬。”

“你们到底投不投降？”国王问。

比莉娜在稻草人耳边低声说了些什么，稻草人脸上立刻展露出笑容，并且把手伸进了上衣口袋里。

“不！”奥芝玛勇敢地回复了国王，然后，她向她的军队下达了命令："前进，勇敢的战士们，为了你们的君主和你们自己，去进行一场殊死搏斗吧！"

"我得请求您的原谅，至高无上的奥芝玛，"一位将军回答说，"我发现我和我的军官们都得了心脏病，稍一激动都能要了我们的命。如果要我们去战斗，我们就会激动。我们是不是最好避开这一严重的危险？"

"将士们不可能得心脏病。"奥芝玛回答说。

"当然了，士兵们是不会得这种病的，"另一位将军捻着自己的胡须，带着思考的神情说，"如果殿下想要这样做的话，我们将命令我们的士兵去向敌方的那些战士发起进攻。"

"就这么办吧。"奥芝玛回答说。

"前——进！"所有的将军同声高喊。"前——进！"上校们跟着喊。"前——进！"少校们接着喊。"前——进！"最后是上尉们高声下令。

听到命令，士兵立刻端起长矛，猛地冲向了敌人。

对于这一突如其来的袭击，矮子精国王的上尉显然十分意外，甚至都没想起来要指挥他的战士们进行抵抗。结果，在士兵长矛的冲击下，矮子精军队第一列的十个人，就像玩具士兵一样，纷纷倒了下去。不过，长矛还是无法刺透他们的钢铁铠甲，那些战士马上又爬了起来，与此同时，士兵又把另一列的十个人捅倒了。

于是，那上尉便使劲儿地抡起他的战斧，朝着士兵的长矛砍下去，一下子就将士兵的长矛震掉了，士兵也失去了战斗力。

矮子精国王为了看清楚到底发生了什么事，离开了他的宝座，从他的战士们中间挤到前排。当他面朝着奥芝玛和她的朋友们时，稻草人似乎被士兵英勇的行为所鼓舞，从右边的上衣口袋中掏出比莉娜的一只鸡蛋，直接扔向了矮子精国王的头顶。

鸡蛋正好击中国王的左眼，蛋壳砸碎了，里面的液汁全淌了出来——鸡蛋总是这样的。于是，黏糊糊的蛋黄和蛋清就糊了矮子精国王一脸，沾到他的面颊、头发和胡子上。

"救命，救命啊！"国王尖声叫起来，并伸手去抓那只鸡蛋，拼命想把它拿掉。

"鸡蛋！是鸡蛋！快逃命吧！"矮子精国王的上尉用一种恐怖的声调大声叫嚷起来。

瞧，他们是怎样逃命的啊！那些勇士为了竭力避开可怕的鸡蛋里的致命毒汁，简直像是被翻炒的鸡蛋一样从别人身上踩了过去，一些来不及挤上那弯弯曲曲的楼梯的人，就直接从阳台上跳到了下面的大山洞

中，把站在下面的人也撞倒在地。

当国王还在大叫救命的时候，原本待在觐见室中的他的那些勇士，早已经无影无踪了。还没等国王抹去左眼的鸡蛋，稻草人就又把第二只鸡蛋扔向了他的右眼，蛋碎了，国王一下子什么也看不见了。这使他连逃走都不能，因为他看不见路，不知道该往哪儿逃。他只好一动不动地站在那里，拼命地又叫又嚷，以一种凄惨而恐惧的声调哀号着。

在这一刻，比莉娜迅速地飞向桃乐丝，她停在狮子的背上，急切地对女孩低声道："解下他的腰带！矮子精国王那条装饰着珠宝的腰带，把它拿过来！搭扣就在背后。快一点儿，桃乐丝——要快！"

第十八章

铁皮人的命运

桃乐丝照她说的立刻跑到矮子精国王的身后，一眨眼工夫，就将他那条装饰着珠宝的漂亮腰带解了下来，然后拿着它跑回到老虎和狮子中间。而那位矮子精国王毫不知情，还在试图从眼睛上抹去碎掉的鸡蛋。由于桃乐丝不知道该拿那条腰带怎么办，就把它围在了自己那纤瘦的腰上。

办完这件事以后，矮子精的侍从长冲进了觐见室，他拿来了一块海绵和一碗水，开始帮他的主人擦洗掉脸上的碎鸡蛋。几分钟以后，在大家的注视下，国王恢复了他的视力，他所做的第一件事，就是恶狠狠地盯着稻草人，大叫道："我会让你为你的行为付出代价的，你这个草包！你不知道对我们来说，鸡蛋就是毒药吗？”

“不错，”稻草人回答说，“鸡蛋看来确实不适合你，尽管我不知道为什么。”

“这些蛋毫无疑问是完全新鲜的，”比莉娜说，“你应该为自己得到了新鲜鸡蛋而感到高兴。”

“我要把你们全都变成蝎子！”国王生气地嚷道，他挥舞起双臂，口中念念有词。

可是，这些人中间没有一个人变成蝎子。国王停下了动作，惊讶地望着他们。

“怎么回事？”他问道。

“唉，你的魔法腰带没有围在身上，”侍从长仔细地打量过国王以后，回答说，“腰带去哪儿了？你把它丢在什么地方了？”

矮子精国王伸手摸一摸腰带，脸色立刻由灰暗变得像粉笔一般惨白。

“不见了，”他绝望地喊道，“不见了，我完了！”

这时候，桃乐丝向前走了一步，对大家说：“奥芝玛女王，还有您，艾芙国王后，欢迎你们重新回到活人的世界里。比莉娜消除了你们的麻烦，将你们解救出来。现在，让我们离开这个可怕的地方，尽可能快地回到艾芙国去。”

当女孩说话时，大家都看到了她腰间围着的那条魔法腰带，她的朋友们齐声欢呼起来，稻草人和士兵欢呼的声音尤其响亮。但是，矮子精国王却没有这种心情，他像一只落败的狗一样爬回到自己的宝座上，为自己的失败而伤心落泪。

“但是，我们还没有找到我的忠实追随者铁皮人呢，”奥芝玛对桃乐丝说，“在找到他以前，我不愿离开这里。”

“我和你一样，”桃乐丝马上回答，“他不在宫殿里吗？”

“他应该是在那里，”比莉娜回答说，“可是在猜铁皮人时，我找不到任何线索，所以也就无法猜出他。”

“让我们再回到那些房间里去，”桃乐丝说，“我确信，这条魔法腰带是可以帮助我们找到他的。”

于是，她又回到宫殿之中，那扇门还开着，其他人也都跟了进去，只有矮子精国王、艾芙国王后和艾芙林王子留在了外面。母亲把小王子搂在怀里，慈爱地抚摸和亲吻着他，因为他是她最小的孩子。

桃乐丝先走到第一间屋子的中央，学着之前国王所做的那样挥了挥手，然后下令铁皮人恢复原形，不管他之前变成了什么。但是完全没有奏效。于是，桃乐丝又走到另一间屋子，重复了一遍。接下来，在宫殿里的所有屋子里，她都这样做了一遍。然而，铁皮人始终没有出现，他们也完全无法辨别，在这几万件装饰品之中，到底哪一件才是他们被变形的朋友。

大家忧愁地回到觐见室。看到他们失败了，国王嘲笑起桃乐丝，说："你不知道我的腰带该怎么使用，所以它对你毫无用处。你还是把它还给我吧，我会让你自由地离去。不仅是你，还有同你一起到这里来的所有人。只是，艾芙国的那些王室成员必须留下来，因为他们是我的奴隶。"

"我要保留这条腰带。"桃乐丝说。

"但是没有我的允许，你们又怎么逃得出去呢？"国王问。

"这还不简单吗，"女孩回答说，"我们只要沿着我们进来时的通道走出去就可以了呀。"

"噢，就这么个办法，是吗？"国王嘲笑道，"那好啊，你们进来这里的那条通道在哪里呢？"

大家朝四面张望着，谁都没有找到那个地方，因为那扇门早就已经关上了。然而，桃乐丝并没有因此而沮丧，她朝着看上去严丝合缝的石壁挥了挥手，说道："我命令打开通道！"

命令马上就得到了执行：一扇门打开了，在大家面前清楚地展露出那条通道。

国王大吃一惊，而其他人则欢呼雀跃起来。

“这么说，你是可以使用腰带的，那为什么我们没能发现铁皮人呢？”奥芝玛问道。

“我也弄不懂是怎么回事儿。”桃乐丝回答。

“听我说，孩子，”国王急切地建议道，“你把腰带给我，我会告诉你们铁皮人变成了什么形状，这样你们很容易就能找到他了。”

桃乐丝犹豫起来，但是，比莉娜大声叫道：“别听他的！要是让矮子精国王拿回腰带，他一定会把我们大家都关起来的，那时候他就能重新掌控住我们了。桃乐丝，只有拿着这条腰带，我们大家才能安全地离开这个地方。”

“我也是这么认为的，”稻草人说，“不过，由于我的脑子好使，所以我还有另外一个想法：要是国王不同意到宫殿中去，把铁皮人所变成的那件装饰品拿来给我们，就让桃乐丝把国王变成一只鸡蛋。”

“一只鸡蛋！”国王吓坏了，他大叫道，“这太可怕了！”

“对啊，要是你不去把我们要的装饰品拿来给我们，你就会被变成一只鸡蛋。”比莉娜也跟着说，高兴得咯咯直笑。

“正如你所看到的，桃乐丝完全能够使用魔法腰带。”稻草人又补充了一句。

矮子精国王考虑了一会儿，表示同意，因为他不想变成一只鸡蛋。他自己走到宫殿中，去找那件铁皮人变成的装饰品。由于大家都很迫切地想离开这个地下石窟，再次见到地面上的太阳，所以大家都等得很不耐烦。但是，当矮子精国王回来的时候，他的两只手却空空如也，他脸上的神情既困惑不解，又焦虑不安。

“他不见了！”国王说，“铁皮人不在宫殿里了。”

“你确定吗？”奥芝玛严厉地问道。

“我完全确定，”国王战战兢兢地回答，“因为他变成了什么，在什么地方放着，这我都是知道的，可他却不在那里。我请求你们不要把我变成一只鸡蛋，因为我已经尽力了。”

大家都沉默起来。过了一会儿，桃乐丝说：“既然是这样，惩罚矮子精国王也于事无补。我看，我们不得不抛下我们的朋友先回去了。”

“如果他不在这里，我们也就无法搭救他了。”稻草人很伤心地表示同意，“可怜的尼克，真不知道他怎么样了！”

“他还欠着我六个星期的工资呢！”一位将军用镶金边的衣袖擦了擦眼泪说。

尽管大家都十分悲伤，但也只好决定暂且抛下老伙伴，先回到地面上去。于是，奥芝玛让大家穿过通道。

奥兹国的军队走在最前面，然后是艾芙国的王室成员，再后面是桃乐丝、奥芝玛、比莉娜、稻草人和滴答人。

他们就这样走了，矮子精国王坐在宝座上蹙着眉头看着他们离开。他们丝毫没想到可能出现的危险，直到奥芝玛偶然之间回头看了一眼，才发现有许多士兵正在全速地追赶他们，这些人高举着剑、矛和斧子，正准备一追上来就砍杀下来。

显然，矮子精国王最后还是不愿意放他们离开。但是，他这样做是完全无用的，因为当桃乐丝发现他们的危险处境时，便立即停了下来，挥一挥手，对魔法腰带轻声地下达了一道命令。

刹那间，那些追赶在最前面的士兵就变成了鸡蛋。大量的鸡蛋骨碌碌滚到洞穴之中，后面的人要想前进，就必然会踩到它们。士兵们一看到鸡蛋，马上打消了前进的念头，他们调转了身体，疯狂地朝着洞穴深处逃去，再也不肯回来了。

之后，我们的朋友们一直走到通道的尽头，再也没遇到什么麻烦。很快，他们就站在两座高山之间的昏暗小路上，呼吸着地面上的空气了。通往艾芙国的道路清晰地展现在他们眼前，大家由衷地希望，永远都不要再见到矮子精国王和他那可怕的宫殿了。

现在，这队人马改而由奥芝玛和艾芙国王后带领，奥芝玛骑在胆小的狮子背上，王后骑在老虎背上。王后的孩子们手拉着手，走在母亲身后。桃乐丝骑在锯木马背上，稻草人则步行着，在缺少铁皮人的情况下，指挥起那支军队。

越往前走，道路就越明亮，更多的阳光从两座山之间照射进来。不久，他们又听到了巨人的铁锤砸落在地面上发出的咚咚的声音。

“我们要怎么通过那个可怕的铁人呢？”王后忧虑地问道，她担心起孩子们的安全。但是，桃乐丝只是对着魔法腰带说了一句话，就把问题给解决了。

巨人停了下来，高举着铁锤在那里一动不动。全队人马直接从它那铸铁的腿间穿行，安全地通过了。

第十九章

艾芙国的新国王

假使这时山边还待着一些同石头颜色相同的矮子精，那他们也都不声不响地显得彬彬有礼了。因而，我们的探险家们再也没有像之前那样，被他们的笑声所打扰。事实上，自从他们的国王失败以后，这些矮子精也没什么心情来嘲笑别人了。

大家在铁巨人的另一边找到了奥芝玛的黄金战车，战车和他们离开的时候一个样。很快，狮子和老虎就被套上那美丽的车子，奥芝玛、王后和她的九个子女全都坐到了车上。

艾芙林主动要求和桃乐丝一起骑锯木马，那马背很长。小王子尽管腼腆，却很喜欢这位搭救他的女孩，他们成了好朋友，一起骑在马上愉快地交谈着。比莉娜也停在锯木马头上，锯木马似乎一点儿也不在乎这加上去的分量。男孩感到很惊异，一只黄母鸡居然会说话，而且说的还都是一些聪明话。

等他们到达深渊跟前时，奥芝玛用魔毯把大家安全地送了过去。现在，他们穿行在树林里，到处都是鸟儿在欢鸣；拂面而来的微风里挟带着鲜花和新割下的干草香味；阳光温暖地洒落在他们身上，驱走他们身上在地下王国时所沾染的寒气和潮湿。

“要是铁皮人能同我们在一起，”稻草人对滴答人说，“我就心满意足了。但他却被留在那儿了，我真伤心。”

“他是个好人，”滴答人回答说，“尽管他的制作材料不是很结实。”

“哎，铁皮可是上好的材料。”稻草人赶紧说，“不管可怜的伐木人尼克出了什么事，都能很容易地焊接好。再说，他既不用上发条，也不会坏。”

“我有的时候会希望，”滴答人说，“我能像你一样，身体里塞的是稻草，铜做的身体是很难受的。”

“我自己倒是没什么可抱怨的，”稻草人回答说，“不时给我添点新鲜的稻草，我就能像新的一样。不过，我永远也不可能成为擦得锃亮的绅士，就像我那可怜的朋友铁皮人一样。”

离艾芙国越来越近了，王后和王子、公主们都毫无疑问地非常高兴。当艾芙国王宫的塔楼终于映入眼帘时，战车上的他们忍不住全部欢呼起来。桃乐丝身前，骑在锯木马背上的艾芙林也高兴极了，他从口袋里掏出一只奇怪的铁皮哨子，吹出尖厉的声响，把锯木马吓得向前猛然一跃。

比莉娜为了不从受惊的锯木马头上掉下去，不得不拍了拍翅膀。稳住身体以后，她问王子：“那是什么？”

“是我的哨子。”艾芙林王子说着把它摊开给大家看。

那是一只用铁皮做成的胖小猪，涂着绿色的漆，哨子就在小猪的尾巴里。

“这是你从哪儿得到的？”黄母鸡用明亮的眼睛仔细打量着这个玩具，问道。

“唔，是我在矮子精国王的宫殿里捡的，在桃乐丝猜东西时我看到了它，就放在口袋里了。”小王子回答。

比莉娜大笑起来。或者说，她发出那种特殊的咯咯声，这对她来说，也就是笑声了。

“难怪我找不着铁皮人，”她说，“怪不得，即使是那条魔法腰带也无法让他出现，甚至连国王也找不着他！”

“你是要说什么呢？”桃乐丝问。

“哎呀，他被王子藏在口袋里了。”比莉娜嚷道，又咯咯地笑了一声。

“我没有！”艾芙林抗议道，“我只是拿了一个哨子。”

“那么，瞧我的，”黄母鸡回答道，她伸出一只爪子搭在哨子上面，同时说道，“艾芙。”

嗖的一声！

“下午好，”铁皮人说着摘下自己那顶漏斗形的帽子，朝桃乐丝和王子鞠了一躬。“我想，自从我换成铁皮的身体以后，大概头一次睡着了，因为我完全不记得我们是怎么离开矮子精王国的。”

“你被施了魔法，”女孩用一只胳膊圈住她的老朋友，一边紧紧地搂着他，一边高兴地回答，“不过现在没事了。”

“我要哨子！”但是小王子边说边哭了起来。

“嘘，别哭了！”比莉娜劝他说，“哨子丢了，但是等你到了家，就能再得到一只新哨子了。”

能够再次见到老朋友，稻草人感到十分惊讶，又极其兴奋，他简直是扑到铁皮人身上去的。滴答人也十分亲热地握着铁皮人的手，几乎把他的手指都给压扁了。然后，他们给奥芝玛让开了路，让她能挤进来欢迎铁皮人。等到整支军队看到铁皮人时，他们发出了齐声的欢呼，每个人都显得高兴且快活。

所有认识铁皮人的人都非常喜爱他，在大家以为他将会永远消失时，他的突然回归实在是一件令人感到喜悦的事。

不一会儿，这队人马就行进到了王宫，这里早已经集合起许多人，来欢迎他们的王后和王子、公主们。人们大声喊叫并欢呼，在他们前行的道路上扔满了鲜花，每个人脸上都露出了幸福的笑容。

兰薇得尔公主此时正在那挂满了镜子的密室里，欣赏着她最漂亮的那个头——浓密的栗色长发、忽闪的胡桃般的眼睛以及匀称的山核桃式的鼻子。她非常高兴自己终于摆脱了一直以来所承担的对于艾芙国臣民的责任，王后也大方地允许她，在她有生之年都可以保留她的房间以及那一屋子的头。

然后，王后牵着她大儿子的手来到王宫的阳台上，对聚集在阳台下面的臣民们说："这位是你们未来的君主，国王艾瓦尔多十五世。他现在十五岁，穿一件有着十五颗银扣子的上衣，是治理艾芙国的第十五任国王。"

人们高声呼喊了十五次，表示赞成，就连一些在场的车轮人也大声保证要服从这位新登基的国王。

于是，王后为艾瓦尔多正式加冕，将一只黄金铸成、上面镶嵌着红宝石的大王冠戴到他头上，又为他披上一件貂皮长袍，然后宣布他是国王了。国王向他的所

有臣民鞠了一躬表示感激后就走开了，他想去宫廷的餐厅里看看是否能找到一些饼干。

国王的母亲热情地款待了奥芝玛女王和她的随从，以及桃乐丝、滴答人和比莉娜，因为她全部的幸福，都要归功于这些人的好心帮助。这天晚上，在公开场合下，王太后亲自赠予黄母鸡一串珠子和一条蓝宝石项链，以表示新国王的一点儿敬意。

第二十章

回到翡翠城

桃乐丝决定接受奥芝玛的邀请，和她一起回到奥兹国去，反正待在艾芙也不会比待在奥兹国更容易回家。何况，女孩也很想再次看一看这个她曾经有过那么多奇妙经历的国家。现在，亨利叔叔大概已经乘船到达了澳大利亚，也许会以为她已经死了。所以，即使她离他再远一点儿，他也不会因此而有更大的担忧。

他们和艾芙王国的人告了别。国王向奥芝玛保证说，他将永远感激她，并会尽一切力量为奥兹国服务。

然后，他们就来到了危险的沙漠边缘，奥芝玛扔出魔毯，魔毯立即伸展开去，让所有的人都能站上去而不显得拥挤。

滴答人自称是桃乐丝忠实的仆从，因为他是属于她的，所以也被获准加入这一行列。在他们出发以前，女孩尽量把发条拧得紧紧的，因而滴答人也和其他人一起轻快地上路了。

奥芝玛还邀请比莉娜去奥兹国游玩，黄母鸡对于一切能看到新鲜事物的地方都很感兴趣，所以也一同去了。

他们一清早就开始了横穿沙漠的旅行，只在半路上停了一会儿——等黄母鸡生下她每天都要生的蛋。不等太阳下山，他们就看到了美丽的奥兹国那绿色的田野和树木葱郁的群山。他们来到的是芒奇金人的领土，芒奇金的国王在边境上非常恭敬地迎接了奥芝玛，庆祝她能平安归来。奥芝玛女王统治着包括芒奇金王国、温基王国、奎德林王国和吉利金王国在内的奥兹仙境，就像那些国王统治着自己的臣民一样。这位奥兹国至高无上的君主，居住在她自己的一座名为翡翠城的首府之中，这城市恰好位于奥兹国四个王国的中央。

这天晚上，芒奇金国王在王宫中款待了他们。第二天早上，他们继续朝着翡翠城出发，沿着一条黄砖铺砌的大路，一直往镶嵌着珠宝的城门行进。

每到一处，都有老百姓出来迎接他们敬爱的奥芝玛，并很高兴地和稻草人、铁皮人、胆小的狮子打招呼，因为他们都是很受欢迎的。桃乐丝还记得他们之中一些人的面孔，因为在她第一次访问奥兹时，他们曾招待过她。这些人再次见到这个堪萨斯来的女孩，都非常高兴，纷纷向她问好，为她送上美好的祝愿。

在途中，他们停在某个地方吃点心，奥芝玛接过一个漂亮的挤奶姑娘递过来的一碗牛奶。她仔细地看了那姑娘一眼，喊道："噢唷，你是金珠儿，对吧？"

"是的，殿下。"金珠儿深深地施了一礼，回答。桃乐丝惊讶地望向这个活泼的姑娘。曾经有一次，她聚集起一支娘子军，将稻草人从翡翠城的王位上赶了下来，甚至还同强大的格林达女巫率领的军队打过一仗。

"我嫁给了一个拥有九头奶牛的人，"金珠儿对奥芝玛说，"现在我快乐而满足，过着安宁的生活，不再想自找麻烦了。"

"你丈夫在哪儿？"奥芝玛问道。

“他在屋子里侍弄那只被打青了的眼圈儿，” 金珠儿不动声色地回答，“我要他去挤那只白母牛的奶，那傻瓜非得去挤那只红母牛的。不过，我敢肯定，下次他一定会学乖一点的。”

随后，大队人马又上路了。他们乘船渡过一条宽阔的河流，又走过许多圆顶的、漆成绿色的精巧农舍，然后看到了一幢挂满各色旗帜的大楼。

“我不记得有这幢楼呀，” 桃乐丝说，“这是干什么的？”

“这是艺术和体育学校，” 奥芝玛回答，“是最近我才命人建造的，并让环状甲虫当了这儿的校长。他在这里很忙，而那些上学的年轻人，反正不可能变得比过去坏。你知道，在这个国家，不喜欢工作的年轻人有很多，对他们来说，上学是最好不过的了。”

再往前走，终于能看见翡翠城了。人们正成群结队地候在城外，欢迎着他们可爱的君主。队伍由乐队、军官、王室官员，以及一群穿着节日盛装的市民组成。

于是，美丽的奥芝玛在金光闪闪的队伍的簇拥下，走进了她的王城。欢呼声此起彼伏，她只好不停地向左或向右点着头，以答谢臣民的热情。

当天晚上，王宫中摆出了盛大的筵席，奥兹国所有的显要人物都出席了这次宴会。南瓜人杰克虽然有点熟过头了，但还是非常活跃，他作了篇祝辞，用来祝贺奥芝玛女王成功地完成了她的崇高使命，拯救了邻国的王族。

接下来是颁奖典礼。二十六名军官都得到了镶嵌着宝石的漂亮的金奖章；铁皮人得到了一把镶嵌有金刚钻的新斧子；稻草人得到的是一银罐搽脸香粉；而桃乐丝，她得到了一顶漂亮的王冠，并且被奥芝玛封为奥兹国公主；滴答人得到的是两只手镯，上面镶嵌着八排非常明亮且闪闪发光的翡翠。

这之后，大家就在丰盛的筵席上就座了。奥芝玛邀请桃乐丝坐到她的右边；比莉娜坐在她左边，就在金色的鸡窝上坐着，从一只装饰着宝石的浅盘中啄着食物。随后入座的是稻草人、铁皮人和滴答人，在他们面前放着的是美丽的花篮，因为他们是不需要吃东西的。二十六名军官依次坐在桌子的下首，狮子和老虎也坐了下来，送到他们面前的都是金色的浅盘，每次上面都盛放有满满的食物。

翡翠城中最有钱和最有身份的市民们，都非常自豪地侍奉着这些著名的冒险家。一个名叫杰莉娅·詹姆的活泼的小姑娘在给他们打下手。稻草人拧了一下她玫瑰红的面颊，似乎同她很熟。

宴会进行中，奥芝玛突然陷入了沉思，然后她问道："士兵在哪里？"

"哦，他在打扫营房，"一位将军回答说，他正忙着吃一只火鸡腿。"不过我已经吩咐下去，等他干完活以后，会给他一盘面包夹糖浆。"

"去叫他来。"女王说。

当大家在等士兵到来的时候，女王又问："我们军队里还有其他的士兵吗？"

"啊，有的，"铁皮人回答说，"我想想看，总共有三个。"

这时，士兵来了，他很恭敬地向他的长官还有奥

芝玛女王行了礼。

“你叫什么名字，小伙子？”奥芝玛问道。

“奥姆比·阿姆比。”士兵回答说。

“好，奥姆比·阿姆比，”奥芝玛立刻说，“我提升你为大将，指挥我国所有的军队，并且兼任王宫警卫队司令。”

“要担任如此多的职务，是很费钱的，”士兵犹豫不决地说，“我甚至买不起制服。”

“这些费用都可以由国库来替你支付。”奥芝玛说。

于是，这名士兵也在桌旁得到了一个席位。在其

他的军官对他热情地表示欢迎以后，大家又开始大吃大喝起来。

突然，杰莉娅·詹姆嚷嚷起来："再也没有什么可供大家吃的了！饥饿的老虎把东西全吃光了！"

"但这还不是最糟糕的事情，"饥饿的老虎悲伤地说，"我不知道在什么地方，也不知道怎么发生的，我把我的胃口给弄丢了！"

第二十一章

桃乐丝的魔法腰带

作为奥芝玛女王的客人，桃乐丝在奥兹国度过了非常愉快的几个星期。公主看到堪萨斯小姑娘过得快乐而有趣，也非常高兴。

桃乐丝在这里结识了许多新朋友，又与过去的老朋友们恢复了往来，这样，无论桃乐丝走到哪里，她都能发现自己始终处于朋友们中间。

有一天，当她坐在奥芝玛的房间里时，她发现了一幅挂在墙上的画。这幅画的画面不断地变化着，一会儿是一片牧场，一会儿又成了一片森林，或是一个湖泊、一个村庄。

“这太有意思了！”桃乐丝盯着那幅变化不定的图画看了几分钟以后，大声叫道。

“是啊，”奥芝玛说，“这确实是一种很神奇的发明。假如我想看世界上的任何一个地方，或是任何一个活人，只要我说出这个愿望，画中就能出现。”

“可以借我用一下吗？”桃乐丝急切地问。

“当然可以了，亲爱的。”奥芝玛回答。

“那么，我想看一看那老旧的堪萨斯农场，还有埃姆婶婶。”

只是一瞬间，那些仍然鲜活存在于桃乐丝记忆中的农舍，就出现在了画面上，她还可以清晰地看见埃姆婶婶，她正在厨房的窗下洗着碗碟，看上去身体健康，心情愉快。雇工和牲畜在房后的田地里收割庄稼，玉米和小麦的长势看来都不错。在一旁的走廊里，桃乐丝心爱的小狗托托正在阳光底下酣睡着，令她吃惊的是，那只老花黄母鸡正在四处奔跑，而在它身后，跟着十二只新孵出来的小鸡。

“家里看起来一切都好。”桃乐丝放松地叹了口气，说，“现在我想知道的是，亨利叔叔在做什么。”

画面立刻又转到了澳大利亚，亨利叔叔正待在悉尼的一个房间里，坐在安乐椅上，神情肃穆地抽着欧石南树根制成的烟斗。他看起来很悲伤也很孤独，连头发都已经白了，双手和脸庞非常瘦削。

“哎呀！”桃乐丝不安地叫了起来，“我敢肯定，亨利叔叔的身体一点儿都没有好转，这全是因为他在担心我。奥芝玛，亲爱的，我必须马上回到他身边！”

“你怎么回去呢？”奥芝玛问道。

“我不知道，”桃乐丝回答，“不过，让我们去找善良的格林达，她一定会帮助我，告诉我怎么才能回到亨利叔叔身边。”

奥芝玛很乐意成全她。于是，她找来一辆绿色和粉红色相间的四轮敞篷马车，又下令将锯木马套了上去，然后就陪同桃乐丝一起，去拜访那位有名的女巫。

格林达客气地接待了她们，并且认真地听完了桃乐丝的讲述。

“你知道的，我现在拥有一条魔法腰带，”女孩说，“假如我把它围在腰上，命令它将我送到亨利叔叔那里去，行得通吗？”

“我认为是可行的。”格林达微笑着回答。

“那么，”桃乐丝补充说，“假如我哪一天还想再回到这里，魔法腰带也能送我回来喽？”

“在这一点上，你错了，”女巫说，“这条腰带只有在仙境中才具有魔力，譬如说在奥兹国或是艾芙国。假如你想带上它，希望能到澳大利亚和你的叔叔团聚，这愿望无疑是能实现的，因为这是你在仙境之中提出的要求。但是，一旦你到达了目的地，就无法再在身上找到魔法腰带了。”

“它会去哪儿呢？”女孩问道。

“它会消失掉，就像你上次访问奥兹国时，穿回去的银鞋子一样，再也不会有人见到它了。这样来销毁这条魔法腰带，不是太可惜了吗？”

“要是这样的话，”桃乐丝考虑了一会儿后说，“我就把这条魔法腰带送给奥芝玛，因为她在她的国家里是可以使用它的，如果是由她利用魔法腰带送我回亨利叔叔那里去，腰带就不会消失了。”

“这个办法很聪明。”格林达回答说。

于是，两个女孩乘上来时的车，返回了翡翠城。在路上，两人商定：每逢星期六上午，奥芝玛就要在那魔图中看一看桃乐丝，不管这女孩在什么地方。假如那时候桃乐丝发出某一个讯号，那就代表这个堪萨斯小姑娘想要再次访问奥兹国，奥芝玛看到以后，就要立刻用矮子精国王的魔法腰带将她接来。

这件事说定以后，桃乐丝就向她所有的朋友告别了。滴答人也想跟去澳大利亚，但是桃乐丝知道，要是机器人到了一个文明的国度，就绝对当不成仆人了，甚至很可能这个机器人压根儿就无法再行动。所以，桃乐丝把他托付给了奥芝玛照管。

相反的，比莉娜却认为没有任何国家比得上奥兹国，所以她不愿意陪桃乐丝一起回去。

“在这里，我吃到的甲虫和蚂蚁，是全世界最香的。”黄母鸡说，“而且，在这里这类东西多得是。所以，我要在这里度过我的一生。而且我想说，桃乐丝，亲爱的，你还要回到那愚蠢而无聊的世界中去，真是傻透了！”

“亨利叔叔需要我。”桃乐丝很干脆地说。除了比莉娜以外，大家都认为她的选择是对的。

桃乐丝在奥兹国的所有朋友，包括新朋友和老朋友，都聚集在王宫前面，伤感地同她道了别，祝愿她能拥有漫长而快乐的一生。桃乐丝同这些人一一握手，然后再一次和奥芝玛吻别，同时把矮子精国王的魔法腰带解下来交给了她，对她说道：“好了，亲爱的国王，当我挥动起手帕时，请祝愿我回到亨利叔叔身边！要和你，还有稻草人、铁皮人、胆小的狮子、滴答人，还有……还有每一个人分离，我感到非常难过。可是我确实还想再见到我的亨利叔叔！所以，再见了，各位！”

于是，女孩站到庭院中央，在一大块当成装饰品的翡翠上，又一次逐一地看了看她的朋友，随后就挥动起手帕。

★ ★ ★

“不，”桃乐丝说，“我并没有淹死，现在我回来服侍你、照顾你，亨利叔叔，你要保证，很快你就会

恢复健康。”

亨利叔叔脸上绽开了笑容，紧紧地搂住坐在他膝上的小侄女。

“我的小宝贝，我感觉好多了。”他说。

OZ

OZ